U0165585

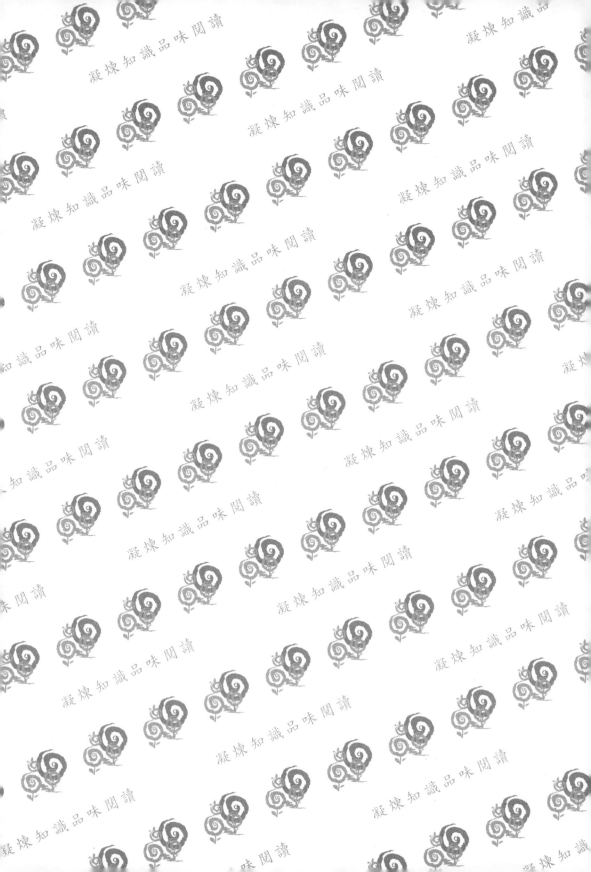

職場應用文

明道大學中國文學學系／編輯

羅文玲・薛雅文／策劃

陳憲仁／執行

兵界勇・李佳蓮・李映瑾・陳維德・陳憲仁・陳靜容・陳鍾琇・薛雅文・羅文玲・蕭水順／編輯委員

凡例

一、明道大學通識教育中心，為讓學生擁有豐富的常識、卓越的學識、通達的見識、恢弘的器識、過人的膽識，特別重視課程的設計，冀望藉由人文與實用的內涵，來培育「專業務實、多元廣博、慎思明辨、果敢有為」的新公民，藉以提昇基本素質與生命境界，實現全人教育之宗旨，因此委由中文系同仁編撰《職場應用文》。

二、本書取材貴精，以現代職場上最常使用的十一大類型為主。並以社會新鮮人對職場應用文接觸之先後，依序編排：「履歷表與自傳」、「書信」、「便條、名片、簡訊」、「公文」、「會議文書」、「企劃書」、「簡報」、「契約」、「廣告文案」、「題辭」、「公關新聞稿」。

三、撰寫內容，先說明每類型應用文書的「定義」，其次揭示其「種類」。並依各式種類給予明確的寫作「內容」、「結構」、「要點」、「注意事項」，同時加強應用文格式的認知與專用術語的使用。文末，還蒐集今日各行各業資訊，旁徵博引各種「範例」，另附上「習作題目」，使讀者從理論與實務中，確實認識職場應用文，嫻熟各項應用文的寫作。

中文系主任

薛雅文

2013年7月謹誌於明道大學

序

　　《論語》：「工欲善其事，必先利其器。」要進入職場的朋友們，如何各司其職？首先要會使用精良的工具。因此，學習好應用文中各種文書的規範，是非常重要的。特別是工商社會裡，人際關係複雜，做人首重交流溝通，做事講求迅速確實，是以無論書信、公文、簡報、廣告、新聞、會議、契約等應用文的認識、寫作，都是現代職場上不可或缺的能力。

　　因此，坊間「應用文」之書琳瑯滿目，如：《最新應用文》、《現代應用文》、《新編應用文》、《實用應用文》、《應用文的第一本書》、《應用文指導》、《最新應用文彙編》、《最新實用應用文規範》、《現行公文程式大全》、《公文寫作指南》、《最新公文程式講話》、《最新實用公文程式標竿》等等。其中不少標舉「現行」、「最新」、「最實用」等字眼，顯示出應用文的編撰，必須與時俱進，才能讓正在職場的人士跟上時代，發揮最佳效率。

　　本系老師教學之餘，深深感受社會此項需求，乃在眾多「應用文」書籍中，另闢蹊徑，針對職場最常使用的應用文類，以簡潔的文字、切要的角度、實際的範例，編撰這本《職場應用文》。

　　本書原稿經一年試教之後，分項檢視，再由陳憲仁教授統合整理，及由研究生張惠玲廣收資料，具有理論與實務兼顧，內容深入淺出之特色，相信可以幫助社會新鮮人及現職人員，在工作崗位上，正確使用應用文書，提升職場競爭力。

　　書中內容，雖經撰稿者再三修訂，唯疏漏或恐難免，尚祈博雅學人不吝指正。

中文系主任

薛雅文

2013年7月謹誌於明道大學

目錄

履歷表與自傳

一

第一節　履歷表

一、履歷表的定義

　　「履」，原意本來是指鞋子，其後引伸為足跡，代表著人們以往經驗的意思；「歷」，包含著過去的經驗種種。因此，履歷即是個人生平的經歷及資格，也就是將人的基本資料、學歷與經歷，以表格條列的方式寫出，就稱之為「履歷表」。將人的生命歷程以表格的方式呈現，其優點在於可以使人對於己身的發展過程一目了然，因此通常用在求職之際，徵才者能依履歷表的內容瞭解應徵者的背景、專長，而以之作為適不適任的主要參考。而現今申請入學或入學甄試，往往也要填寫個人的資料表格，這種可以說是簡化的履歷表，也是讓還在學的學生有一個練習介紹自己的機會。

二、履歷表的種類

　　履歷的類別包括了：履歷卡、履歷表、履歷自傳表、公務人員履歷表、自製履歷表、求才單位設定履歷表、網路履歷表等七種。

㈠履歷卡

　　填寫內容簡單，僅書寫簡要資歷，多半用在應徵短期工作或一般職位，如商店計時員工、普通職員使用等使用。（實物見圖1，格式見圖2）

㈡ 履歷表

　　內容大致與履歷卡相同，但所需資料較為詳細，用於一般公司行號應徵專職員工時使用。（格式見履歷表範例二）

㈢ 履歷自傳表

　　履歷自傳表是最完整的求職履歷形式，內容包括履歷與自傳。此種形式由於將履歷與自傳結合在同一份文件中，因此使用範圍最廣，使用機率也最大。

㈣ 公務人員履歷表

　　適用於公教人員任職時填寫，內容最為詳細。

㈤ 自製履歷表

圖1　履歷卡

　　此種形式的履歷表是求職者根據己身學歷、經歷與特殊專長與訴求所製作的「個製化」履歷表。這類履歷表最能突顯、表現自己的優點，也能夠立即因應己身的經歷累積而修正與增加，最適合即將要進入職場的新鮮人與短期之間仍在找尋適合工作的求職者使用。

㈥ 求才單位設定履歷表

　　現今求職市場競爭激烈且多元，有些公司行號會根據公司內部求才的需求，自行設定履歷表，即是所謂「求才單位設定履歷表」。這種履歷表

多半會由公司行號特定刊載於求才平面廣告或網路廣告上，內容為公司自行選擇規定。若求職時沒有注意到需用「求才單位設定履歷表」，而使用其他形式的履歷表前往應徵，反而會為此疏忽而打上折扣，甚至被拒於門外，同學求職時可得特別注意。

㈦ 網路履歷表

　　特別需要說明的是，近年來人力銀行此一新興產業興起，人力銀行為了能夠便於建檔以及篩選適當人力，加以妥切安排職位，因此設計了專門的履歷表，只要在網路上加以搜尋，都會出現許多此種網路可下載的人力銀行專用的履歷表。但是，此種網路履歷表，乃是人力銀行公司為了因應公司內部作業所設計的履歷表格式，因此並不適合當作一般求職者作為進入職場時使用的履歷表，其取向與功能都是不一樣的。此點需要特別注意。

三、履歷表的內容

　　上述的各式履歷表雖然使用時機各有不同，但是具有共通的、不可缺少的項目，需要細心填寫。履歷表的內容大約可分成四項：一、個人基本資料；二、學歷與經歷；三、專長與證照；四、其他事項。

㈠ 個人基本資料

1. 姓名：需填寫真實的中文姓名與英文姓名，英文姓名請使用護照翻譯的正規譯名。
2. 性別：男、女。

3. 年齡：實足年齡。

4. 身份證字號。

5. 籍貫（出生地）：省分與縣市。

6. 通訊處：寫最容易聯絡到的通訊地址。

7. 電話：填寫通訊處的聯絡電話以及隨時可接通的手機，與傳真、E-mail 地址。在求職期間，電話是聯絡的主要方式，寫在履歷表上的聯絡電話，務必確保其接通與開機的狀況。

8. 相片：最近三個月內二吋半身正面的證件照，背面請寫上姓名，若脫落時便於歸檔。大頭貼、沙龍照、與他人合照或模糊、失真的照片，均要避免。

㈡ **學歷與經歷**

1. 學歷：從最高學歷開始寫起，約寫至高中即可。填寫項目包括：學位、就讀的學校、科系、起訖時間與畢肄狀況，均需標示清楚完整。

2. 經歷：詳填過去的工作經驗、職位、工作內容與起訖時間，若與當次應徵工作有關的職務更須詳細填寫。若沒有工作經驗，可以寫校內、外社團活動、擔任幹部、受訓課程、檢定考試等活動經驗。

3. 榮譽事蹟：在學期間不論是校內、校外或國內、國際的各式大小型競賽，只要有優異成績表現與得獎事實，都可以寫進履歷表中，增加競爭力。

㈢ **專長與證照**

1. 專長：專長部分除了可以填寫就讀學校本科系所學的專業科目與知識之外，還可以填寫一些平日培養的擅長嗜好，例如：電腦操作、網頁修護、攝影、文書處理等，以增加己身優勢。

2. 證照：近年來專業認證的證照受到業界重視，擁有證照就是擁有技能，擁有技能就是業界所需的人才。因此若有專業證照（包括：技術執照、語言能力、專業認證、駕駛執照等等）均需詳填發照單位、年月、證照號碼等資料，最好能附上影本做為附件以茲證明。

(四) 其他事項

有時資方要求的履歷表需有更詳細的填寫項目時，會列出「健康情形」、「休閒嗜好」、「應徵職位」、「備註」等，現在詳述如下：

1. 健康情形：可寫「良好」。若需填寫血型、身高、體重，則需照實填寫，不可隨意增減。另，若有特殊病例或家族病史，也需於此處一併告知，以免日後紛爭。

2. 休閒嗜好：近年來職場上越來越重視員工必須具備能適當紓解工作壓力的正當休閒，因此，此處可填寫正當的休閒活動，例如：閱讀、旅遊、參與志工活動等。必須特別注意的是，時下許多年輕人喜歡的電玩遊戲或休閒網咖，雖然某種程度上也是一種紓壓方式，但是，對於需要具有成熟心智的職場成年人來說，此種休閒較不適當，因此不建議填寫。

3. 應徵職位：填寫此次應徵的工作或職位。

4. 備註：表上未列出的資料都可以在備註欄下註明。例如：關係人、婚姻狀況、役別、方言與外語能力等等。

除了上述注意事項之外，在書寫履歷表時，不管是使用手寫或是電腦輸入，都需注意不可使用簡體字，同時也必須留意不要有錯別字、漏字、多字的出現。履歷表是求職者與職場接觸的第一道關卡，也是求職戰場的

最前線，因此一份正確無誤且細心地撰寫的履歷表，就是給予資方面試者第一眼的好印象，也是求職成功的第一步。

四、寫作方法

　　原則上履歷表是以表格化的形式呈現個人經歷，讓徵才者了解自己、進而順利取得面試機會或工作。因此，在填寫履歷表時，若能填寫得越詳實，對方就越能夠在一邊閱讀時，即可通盤的瞭解你的過去經歷與人格特質。因此，撰寫履歷表時，文字力求暢達簡鍊、避免簡體字、錯別字、網路用語、網路表情符號、時下搞怪用語等等非正式用字；並於填寫完畢之後，通篇仔細檢查，以免出現疏漏與錯誤（自傳亦同）。此外，履歷表最重「信實」，因此，履歷表內所列出的學歷、經歷、證照、獎項、專業訓練、工作訓練、參與活動、競賽成績一定要與事實相符，若能附影本於後以茲證明者更佳。

　　履歷表（含附件資料）如果超過一頁，應於右側（中式）或左側（西式）釘上，以免脫落。由於履歷表代表自己的風格，所以可以視應徵工作的屬性，給予適當的設計。如果是創意、傳播、時尚、廣告等流行性較強的產業，不妨在設計履歷表時加點特殊創意，賦予鮮明印象；如果是科技、3C、研發等產業，則可以加上自己的作品、專利或榮譽獎項，彰顯自己的能力；如果是教育、軍公職等職場，則力求突顯自己的穩定性與細心、負責的性格為佳。

㈠ 求職類

　　所謂「知己知彼、百戰百勝」，要求職成功，就是要變成職場的搶手貨。因此在寫作履歷表時，可以先設想如果自己是徵才者，會想瞭解哪些資訊？徵才者最需要對方具備哪些智能？從對方的設想角度出發，瞭解對

方的需求，就能寫出簡單、明瞭卻有最高效用的履歷表。

(二) 升學類

　　升學用的履歷表通常將履歷表、自傳、研究計畫合而為一，申請學校能夠透過學生履歷表的自我描述，輔以各類的資料，審查委員可對提出申請的學生未來學習、研究潛力作初步評估。此處需特別注意的是，通常所申請學校對於升學用的履歷與自傳都有要求的內容與格式，在填寫之餘，需要特別注意有沒有符合申請學校的要求，將各個資料都詳細填寫了？而在寫履歷表之前，事先研究學校科系的發展方向、經營方針，也是一個「投之所好」的撰寫小技巧！

五、注意事項

　　最後補充幾點注意事項：履歷表與自傳雖然沒有嚴格字數的限制，不過履歷表與自傳是求職者向資方介紹自己的管道，因此，最好以能夠清晰、詳細地介紹自己為前提，約600-1000字之間。太多或太少，都不合宜。至於除了前文已經提到要盡量避免錯別字之外，同時也要注意斷句與標點符號的使用。

六、履歷表範例

㈠ 範例一（履歷卡）

姓名	（中文） 李大明 （英文） Lee Da Ming	性別	男（男性需註明役別）	貼相片處
出生地	台灣省屏東縣	出生年月日	1900年1月1日	
最高學歷	○○大學		○○系	
通訊處	□□□□□彰化縣埤頭鄉○○路○○號			
電話	02-1234567	E-mail	Leedaming@yahoo.com.tw	
曾任職務	○○加油站計時工讀生		身份證字號	
	○○大賣場計時工讀生		D123456789	
	○○餐廳外場服務生		希望待遇 20000元	
應徵職位	餐廳領臺			

圖2　履歷卡

(二) 範例二（履歷表）

履　歷　表							
姓　　名	（中文） 　　李大明 （英文） Lee Da Ming		性別	男	貼相片處		
身份證字號	D123456789						
出生年月日	1900年01月01日						
通訊處	彰化縣埤頭鄉○○路○○號			電話	（市話） 048-1234567		
戶籍地	彰化縣埤頭鄉○○路○○號			電話	（手機） 091234567		
E-mail	Leedaming@yahoo.com.tw		傳真	048-2345678			
健康情形	良好	血型	O	身高	180	體重	78
學歷	碩士	○○大學○○研究所		起訖時間為民國○○年○月○日-民國○○年○月○日			畢
	學士	○○大學○○系		起訖時間為民國○○年○月○日-民國○○年○月○日			畢
經歷 （時間排列 由近到遠）	○○ 公司	程式設計師	負責程式設計、規劃網頁等工作	民國○○年○月○日-民國○○年○月○日			
	○○ 大賣場	計時工讀生	負責賣場補貨、送貨等工作	民國○○年○月○日-民國○年○月○日			
	○○ 餐廳	外場服務生	負責外場點餐、送餐、帶位等工作	民國○○年○月○日-民國○年○月○日			
	○○ 加油站	計時工讀生	負責加油、結帳等工作	民國○○年○月○日-民國○○年○月○日			
證照	Window程式認證、中英打檢定						
專長	網頁製作、電腦軟體設計、程式設計						
語言能力	國語（佳）、台語（佳）、客語（佳）、英文（普通）						
應徵職務	網路工程師						
備註	證件影本附於附件						

㈢ 範例三（升學用履歷表）

履　歷　表						
姓　　名	李大明	性別	男	貼相片處		
出生年月日	1900年01月01日					
通訊處	彰化縣埤頭鄉○○路○○號					
E-mail	Leedaming@yahoo.com.tw					
電話	（市話）048-1234567			（手機）091234567		
健康情形	良好	血型	O	身高	180	體重	78
學　　歷	大學	○○大學○○系	民國○○年○月○日──民國○年○月○日		畢業
	高中	○○高中	民國○○年○月○日──民國○○年○月○日		畢業
社團經歷	○○大學新詩社	擔任社長	負責社務統籌、承辦校內新詩週活動		
	○○高中羽球社	擔任總務	負責社團財務		
幹部經歷	○○大學中文系	大三班代表	負責班務統籌		
		大四班代表	負責班務統籌與辦理迎新送舊、謝師宴等活動		
	○○高中	高一班長	負責班務統籌		
		高二風紀	秩序班級維持		
榮譽事蹟	○○大學書卷獎、○○大學新詩社新詩創作優等獎、○○高中羽球比賽第三名、○○高中優秀青年獎					
參加研習	○○大學文藝創作研習營、○○高中文藝營					
專長科目	國文、歷史、數學					

四 範例四（英文履歷表）

Resume

photo

NAME：Lee Da Ming
BIRTHDATE：1900/01/01
TEL：091234567
E-MAIL：Leedaming@yahoo.com.tw
ADDRESS：No.123, Ln. 1, Wenxian 2st Rd., North Dist., Tainan City 123, Taiwan (R.O.C.)
CAREER OBJECTIVE：
I would like to apply an entry level of Trans Manager.
WORK EXPERIENCE：

recent working experience	Mathematics Teacher
institution name	Xian Yaun Jing(2009~Present)
address	No.35-2, Minzhi Rd., Xinying Dist., Tainan City 730, Taiwan (R.O.C.)

previou working experience	Private Teacher
institution name	2006~2010
address	

EDUCATION：

recent studying experience	2013
institution name	National Cheng Kung University
	Department of Business Administration
address	No.1, Daxue Rd., East Dist., Tainan City 701, Taiwan (R.O.C.)

maior area of study：Organization Theory and Management、Marketing Management、Financial Management、Business Policy and Strategy、Business Research Methods

previou studying experience	2011
institution name	National Cheng Kung University
	Department of Systems and Naval Mechatronic Engineering
address	No.1, Daxue Rd., East Dist., Tainan City 701, Taiwan (R.O.C.)

maior area of study：Computer auxiliary ship station design、Computer aided design and manufacture、network programming、Ships equipment design、Makes machine the principle of design
LANGUAGE：
Fluent in spoken and written Chinese
Fluent in spoken and written English
SKILL：
C++ , Excel , Photoshop , Frontpage , AutoCAD

第二節　自傳

一、自傳的定義

　　自傳是一種以文字書寫的「自我介紹」，可分為兩類：(1) 生平自傳：此類自傳是以書面文章來彰顯己身的個性、人品及理念。(2) 求職自傳：此類自傳則是透過自我行銷的方式，凸顯自己的專長與特長，以達到被資方錄取的目的。

二、自傳的結構

　　自傳是他人了解自己生命歷程的第一手資料，因此，除了有好的敘述文筆，流暢地簡述自己的生平之外，文章結構也是很重要的。大致來說，自傳所需具備的內容包括：個人背景資料（家庭生活狀況）、各階段求學歷程、各種實務經驗、個人特質（自我評價）、興趣與專長、未來的展望等六大類。以下逐一介紹：

㈠ 個人背景資料（家庭生活狀況）

　　自傳的個人背景資料與履歷表有所不同，履歷表是以表格化的方式填寫個人資料，然而自傳中的個人背景資料則是著重在生長的家庭環境、家庭教育帶給自己哪些影響，籍貫、電話這些細節已經在履歷表中提過的，就不需要再重述一遍。建議可以從出生的季節、故鄉、環境著手，描寫自己原生家庭的狀況，擴及家庭帶給你的教育與影響如何養成了現在的你。切勿以流水帳的方式書寫，若以感性的口吻描繪家庭背景、生長歷程可以給人親切而溫馨的感受。

㈡ 各階段求學歷程

　　此處著重描寫人生中各個階段的教育過程，為現在的你養成了什麼樣的人格與特長的基礎。建議找出一個至兩個（不需過多，以免模糊焦點）重要的、印象深刻的學習經驗（學科、術科或社團的學習與服務經驗均可）作重點書寫，描繪在學習的過程當中你所體會到的態度與道理，若能與當次求職的工作有著相同屬性或類似方向會更好。

㈢ 各種實務經驗

　　職場徵才最要求的就是量化的工作經驗，因此除了在履歷表中將以往的工作經驗、內容作量化的列舉出來之外，在自傳中舉出一個至兩個最具有特殊意義的實務經驗，詳述其內容與你在實務的操作過程中所學習到的經驗，更能夠讓徵才者瞭解你以往的工作成果、經驗與態度，藉以評估是否為適合人選。

　　如果完全沒有工作實務經驗的求職者，為了避免讓自己輸在起跑點上，此處可以借用求學過程中，在校內或校外的社團活動、研習活動、競賽等等實務經驗來補充即可。

㈣ 個人特質（自我評價）

　　履歷與自傳雖然是求職的兩大重點，不過各自著重的面向有所不同。履歷需要突顯專長、自傳需要表現自信與積極，因此，在書寫個人特質與自我評價這個部分，需要彰顯出己身所具備的「良好的專業能力」與「穩定的個人特質」。撰寫者能夠透過前兩段所書寫的求學經驗與實務經驗，歸納出自己具備了哪些專業能力以及哪些穩定的人格特質，以茲做為

自我評價的基準。

　　此處要特別注意，自我評價並不是自我吹捧，唯獨透過前兩段所鋪陳的學習與實務過程，經過審慎的自我評估，瞭解己身具備哪些優勢與特質，才能寫在自傳中，切記不可胡亂吹噓、趾高氣昂或態度高傲，才能給審查資料者好的印象。

㈤ 興趣與專長

　　近年來的台灣社會逐漸走向重視專業證照的路徑上，因此在興趣與專長的部分，除了書寫自己平日的休閒興趣，突顯健康的生活態度之外，在專長部分，可以強調自己擁有的專業證照。因為興趣與專長是自傳當中的一節，所以書寫時不需要像填寫履歷表時鉅細靡遺，只要提到自己擁有哪些證照、數量、取得時間等資料，就可以達到塑造專業人才形象的目的了。

㈥ 未來的展望

　　此段落是自傳結構的最終處，因此書寫時最好提及自己於工作、於生活的未來規劃。在書寫之前，可以先行瞭解該職缺、該職場的屬性與企業文化，並以之為基礎，提出自己能為貴單位帶來哪些發展效益、業績成效等等，並且可以在工作過程當中達到自我實現的目的，將自己的生命實踐與職涯規劃合而為一。這樣書寫的好處在於，能夠讓徵才者瞭解你對於所求職的產業具有高度熱情與深度瞭解，證明自己對於這份工作具有相當的熱誠，不會只有三分鐘熱度，這樣一來，錄取的機率也就相對提高了。

三、寫作方法

自傳的書寫原則方面，除了以流暢的文筆詳實紀錄自己的人生歷程之外，還可依照求職與升學的不同需求，著重不同的書寫方向：

㈠ 求職類

需側重於專業能力的具備、實務經驗的累積、工作抗壓力與人際EQ的養成、團隊合作經驗等內容。要點就是要著重在鋪陳自己具備職場所需的「專業人才」的能力，即便在書寫自我生平的自傳中，都要不斷地推薦自己、行銷自己，讓資方在閱讀你的自傳時，就認定你是他們所需要人才。

㈡ 升學類

升學與求職的自傳雖然都是自我行銷的一環，但升學自傳是要往更專業的學術領域邁進，因此升學自傳在書寫生長的生命歷程之餘，必須側重自我特質的描述（尤其是學習特質）、讀書歷程、學習方法、社團活動、生涯規劃等內容。讓預計申請的學校瞭解你是一個具備熱情、專業與潛力的學術績優股，也讓學校相信你就是他們在尋找的優質人才，以達到順利錄取的目的。

不論是求職或升學，履歷表與自傳都是介紹自己與推薦自己的第一道關口，因此書寫履歷與自傳時需要謙虛但有自信、詳實而突顯優勢，因此在此我們可以歸納出一個書寫原則就是：「不卑不亢」、「揚善略劣」。只要能把握這樣的書寫原則，相信您的履歷與自傳必定能讓人印象深刻、一見鍾情。

四、自傳範例

㈠ 正確示範（應徵環保局檢定員）

　　我是張大名，家住彰化，生長在一個幸福的小康家庭。雖然是家中唯一的小孩，不過從小父母親希望養成我獨立的性格，所以用自主開明的方式教導我。因此，養成我開朗、樂觀的個性，所以我在求學期間交到很多知心好朋友。

　　今年畢業於○○大學環管系的我，在學期間，除了努力學習本科系的必修課程外，我更利用課餘時間報名各種與環管有關的研習營或訓練課程，例如：廢水處理專責人員訓練班、空氣污染防制專責人員訓練班、機動車輛噪音檢查人員訓練班等等。大學畢業前就已經考取污水處理乙級證照，通過電腦Excel檢定、全民高級英檢與公務員普考，對未來想要從事的工作充滿高度的熱忱，也有充分的信心與能力。

　　就學階段，我曾經擔任系學會會長，帶領系裡的幹部舉辦過無數次的校際活動，從中學習和老師、同學溝通的技巧，體認到團隊默契與互助合作的重要性，在管理組織方面頗有心得。平常跟著師長們上山下海，無形中也培養出觀賞大自然美景的嗜好，對於恣意破壞自然生態的作為感到悲痛，所以我希望一定運用我的專業知識，好好保護大自然。

　　我的性格開朗，人際關係良好，身體也十分健壯，受挫力較一般人來得高，更有一顆積極進取的心，願意迎接各種挑戰。未來若有機會進入環保局服務，我一定會不斷進修，以提升自己的專業知識，努力向前輩及主管們效法請益，並把分內的每一件事做到最好，懇請環保局給予我面試的機會。

※說明：

　　這篇範例的優點，在於文章篇幅雖短，但扼要地介紹了基本資料、求學歷程、實務經驗與個性優點，並且將自己的專長與優勢表露無遺，這些內容正是自傳最重要、且絕對不可缺少的部分。所以，如果同學真的沒有

充分的時間準備自傳內容，也一定得必須備妥這四個部分來做書寫。

(二) 錯誤示範（應徵飯店公關）

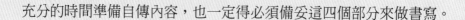

　　我叫[1]李大同，出生在台中市大里的一個兩代同堂的家中，在家排行老大，家裡的長輩都很疼我，底下的弟弟、妹妹都必須聽我的話，不然我會休[2]理他們。父母從事中藥經銷的工作，平時十分忙碌，偶而我也會到店裡幫忙，只是大部分的時間，我常和朋友飆車[3]兜風，只要有朋友來台中找我，我都會一意孤行[4]當起響[5]導，帶著他們吃喝玩樂[6]。

　　在學校我讀的是觀光與餐飲旅館系，成績不好不壞很普通，參加好幾個社團，擔任過舞蹈社的社長，和副社長發[7]了很長一段時間，總算把舞蹈社拉抬起來，成為學校數一數二的大社團，這是我十分自毫[8]的成就。我的父母從小便鼓勵我多交朋友，多出外增廣見聞，因此資助我不少金錢到世界各地旅遊，從而了解各國的風土明[9]情。

　　我的個性開朗樂觀，很少有什麼事情可以讓我沮喪整天，這是我的最大優點。因為這樣的特質，使我不在乎挫折，可以不斷上進。中[10]心盼望主管可以賞示[11]我的工作能力，如果有機會進入貴公司，我會努力學習一切事務，希望貴公司能給予我面試的機會，只要給我機會，就可以見識[12]到我是多麼優秀的人才，不錄取我是你們的損失[13]。我有信心接受任何挑戰，也相信貴公司能夠惠[14]眼識英雄，就讓我們試[15]目以待吧

※說明：

　　上面範例文章中，不但錯字連篇、用詞不當且誤用成語，結尾時語氣太過高傲，這些都是不能犯的錯誤，一定要避免。

註解

1　「叫」是口語用法，宜改為「是」。

2　「休理」的「休」是錯別字，應改為「修理」。

3　「飆車」是負面用詞，宜改為「騎車」。

4　「一意孤行」用在此處不妥，宜改為「義不容辭」。

5　「響導」的「響」是錯別字，正確寫法是「嚮導」。

6　「吃喝玩樂」太過口語，宜改為「遊覽觀光」。

7　「發」為錯別字，應使用「花」。

8　「自毫」的「毫」為錯別字，應是「自豪」。

9　「風土明情」是錯別字，應改為「風土民情」。

10　「中心盼望」的「中」為錯別字，應改為「衷心盼望」。

11　「賞示」的「示」是錯別字，應改為「賞識」。

12　用「見識」一詞讓語氣顯得太過自大，宜改為「瞭解」。

13　用「損失」語氣太狂妄，建議刪掉。

14　「惠眼識英雄」的「惠」是錯別字，應改為「慧」。

15　「試目以待」的「試」是錯別字，應改為「拭」。

三 求職自傳

　　我是黃小祥，今年二十一歲，英文名字叫傑克，目前就讀於○○大學資訊工程學系。我家裡總共有四個人，父親是中學國文老師，母親是家庭主婦，我的弟弟與妹妹均讀於國中。你可能會認為由於我父親的關係，所以我家是一個傳統又嚴肅的家庭；其實不然，相反的我父親是個開明和充滿幽默感的人，我得說能生長在這樣快樂的家庭下是很幸運的。

　　國小時候，父親就讓我學習書法，主要是培養我的耐性，在老師的細心指導下，我對書法產生不小的興趣。並為以後的學習奠定良好的基礎，因此在國小參加比賽時都有不錯的成績。國三的時候，偶然的機會當上副班長，更因書法基礎，寫字亦更工整了，自己覺得很有成就感。

　　國中時就對電腦有濃厚的興趣，在幾次的磨練中獲得成就感，更加深了我對電腦的熱愛；到了高中，因為自己對電子軟硬體方面很有興趣，於是就讀○○高中自然科，以利大學能選到自己理想的科系。高中三年，在班上曾擔任過班長、副班長與衛生股長，讓我學習到更多的待人處事的道理，領導能力也增進不少。擔任幹部的過程中，我學習到如何管理班上大大小小的事務，也增進了我的規劃能力，懂得適才適性，讓每個同學適得其所。除此之外，更讓我深刻體會到當一個領導者應該有的態度和風範。

　　現代人對品質的要求，使得軟硬體技術也必須日漸提升。知識經濟時代、電子商務的盛行，為了得到更可靠的資訊品質，做更精確的硬體，硬體知識便變得格外重要。因此，我選擇了離家不遠的○○大學資訊工程學系，相信在良好的學習環境中以及師長的指導之下，一定能學習到紮實的資訊技術，為未來升學、就業打好基礎。

　　若順利應徵上　貴公司資訊工程師，除了於自己的職務範圍之內恪盡職守外，我也將利用下班後的時間繼續進修英文，好讓自己更具有國際的競爭力。進入公司之後，除了繼續在語文能力持續加強外，做人的態度、處事的方法、界定問題的技巧及解決問題的能力等等方面，都是我想再繼續進步學習的。

※說明：

　　上面的範例中，文章開頭作者就將家庭背景與成長過程介紹得詳細清楚，隱約凸顯了一些良好的人格特質，算是一種含蓄的寫法。第三段提到大學時期就讀的科系，與第四段欲應徵的職位搭配頗為良好；不過，在第三段中，若能選擇一個印象深刻的學習經驗（有興趣的科目、啟發自己的老師、得獎的經驗等等）來深入書寫，彰顯自己在這個科系中努力學習與

用心的成果，並間接顯示已經具備工作所需的專業素質，會給審查者或面試者更優質的印象。

(四) 升學自傳

　　軍中文書出身的家父，自小對子女的教育非常注重，因此不管是西方翻譯讀物或是中國古典的詩詞文學，都成為陪伴我童年成長的課餘書籍。當同年紀的女孩把玩著芭比娃娃的金髮絲辮時，我卻沈浸在唐琬的紅酥手與黃藤酒之中；夢幻的玻璃鞋未曾為我停留，轉而取代的是珍‧奧古斯丁筆下的傲慢與偏見。這些文學故事綴滿著我的成長時期，培養出我對於文學深厚的喜愛。

　　大學時期，我就讀於○○大學中國文學系。就學期間，我在中文系所開設的專業課程中，學習到中國古典與現代的經典賞析、創作、評論等內容，此外專精的文字、聲韻等小學課程，也讓我樂在其中。這些看似繁重的課程，卻讓我增加了更多專業的知識，也得到了進入中文系更精一層領域的鑰匙。其中，「○○文學概論與賞析」課程，讓我知道透過研究方法可以進而分析、瞭解並研究文學作品，觸發了我對文學研究極大的興趣。

　　平日閒暇之餘，我也喜歡創作，因此在○○大學所舉辦的○○文學獎中，詩作〈○○〉得到優勝的殊榮；而○○市所舉辦的○○徵文活動，我也得到了第一名的成績。而個人作品集《○○○○》，更在○○年由○○出版社出版，成為我人生中重要的里程碑。除此之外，我也積極廣泛地參與文學創作社團，例如：○○大學的「文創社」與校外的「○○散文愛好社」，參加這些社團之際，我認識了許多從事文學創作的前輩與同好，平時交換作品、互相砥礪，相偕「奇文共欣賞」的時刻，真是人生一大樂事。

　　大學四年的學習生涯，雖然讓我的思維方式受到重要的啟發，我那顆喜好中文的心，不曾停止地把我向中文的研究領域推進，因此在畢業之際，我準備推甄　貴校的中國文學學系碩士班。　貴校著名的○○研

究領域，與我的興趣正相符合，附件中附上我所準備的專題「○○○○○○○○的研究」，這個專題中，我採用歷史文獻法分析了○○的作品，並搭配近年來研究學者的成果，得到了些許發現與心得，希望能為○○作品的研究盡一份心力。

※説明：

　　上面範例中，作者從小對文學耳濡目染的家學環境談起，接著提及大學時期學習文學的心得與文創作品的豐碩成果，令人感受到其本身才華積累的厚度。末段論及一路而來的學習歷程使他得到的啟發，進而繫聯起對於文學研究的興趣，正好為推甄的目的做好了鋪墊。語氣落在最後一段時，給予評審接續往下審查研究計畫的動力與契機，語氣與行文脈絡搭配得恰到好處。

五 英文自傳

AUTOBIOGRAPHY

　　I was born in Tainan. It is a city which is full of warmness & friendliness of the people. And its cultural demeanor also influences me a lot. I has lived here from I was born.

　　When I studied in Liren Elementary School, I learned many talents like swimming、painting in watercolors and playing the violin. When I graduated from the elementary school, I had been successfully accepted by the Art class in Tainan Municipal Min-De Junior High school. Under the train for the art and music, I get into a groove about admiring art and music from then on.

After taking an examination, I was admitted to National Tainan First Senior High School which is the best high school in Tainan. During the high school period, teacher's teachings and cooperation helped me a lot. I also learned good study habits like discussing with classmates, asking questions bravely and being regular life style. Because those good habits, I could study at the Department of Systems and Naval Mechatronic Engineering in National Cheng Kung University. I learned a lot of team spirit and taking advantage of time. In my junior, I started to think my future. I hope that I can improve my ability to promote my competition. I make a decision to study another subject. Fortunately, I had got the qualification to study at the Department of Business Administration in National Cheng Kung University.

Not only studying hard but also doing well after class, I used to be the president of Chinese chess club. I had got the much experience of planning guidance and decision-making contingency force. Evenly, I had also started to work in my campus life. It made me to learn a lot of communication and speaking skills. I also passed the competition to join the practical training in the Horizon which is the biggest yachts building manufacturer in Asia. It was a great experience to work with many senior engineers. I also finished my first disquisition over there.

Today, I have already prepared to accept any new challenge in my future's career life. With much learning and working experience, I believe that I could do much better than everyone else.

I will still learn more and more new knowledge on administration. I hope that I could be a professional and multidisciplined expert in the future.

五、習作

(一) 以電腦製作履歷表

(二) 撰寫一篇求職自傳（600-1000字）。

──（李映瑾教授撰述）

書信

二

一、書信之定義

　　書信之用源於何時，已難稽考，不過由「尺素」、「雁書」、「魚雁」、「雙鯉」、「雁音」等別稱之傳衍以觀，書信的使用實已具有悠遠的歷史。

　　書信，是人們溝通情感、相互存問的一種重要應用文書。舉凡個人、機關、團體間，為因應公、私事件之所需，彼此以文字及習見格式往來通訊者，皆可納入書信應用的範圍，因此可說是使用最普遍，也最重要的應用類文書。

　　當今社會，凡事講求簡便、迅速，加上電話與網路科技的日新月異，人們已少用傳統書信互通尋常信息，不過正式事務的洽辦或重要訊息的周知傳遞，書信的使用仍是不可或缺的一環，因此須建立書信寫作的正確觀念，方得以符合職場應用之所需，提升職場上的自我競爭力。

二、書信之種類

　　書信之種類繁多，一般多以「人」、「事」兩項來進行分類，然為明白書信於職場上的運用狀況，本章選擇以書信之「用」為分類依據，概略分出以下數類：

㈠ 交流通候之用：日常溝通情感之一般往來書信

㈡ 交際賀慰之用：為祝壽、慶婚、鳴謝或慰弔等之交際書信

㈢ 實用述事之用：如請託、說明、借貸、詢問、交代等實用書信

㈣ 其他：如自薦、婉拒等書信

　　為顧及書信行文之禮節與規矩，撰寫書信時應一併考慮收件對象的

身份，依據彼此間的關係、輩份，由「上行」（下對上）、「平行」（平輩往來）或「下行」（上對下）三類中擇一述寫，才能得體表述、切合時宜。

三、書信之結構

　　書信通常是由信封與箋文兩個部分所組成。正式書信在這兩部分都有社會大眾所公認接受的書寫規則，這套規則其實就是一套文字應對儀節，因此依照規則書寫行文，便是體統與禮儀的講究；若是不合乎這個規則，容易讓人對你產生負面的印象，甚至可能影響到人際關係與就業升遷，所以如何經營一封正式的書信便是相當重要的基本技能。以下便從信封、箋文兩方面來進行說明。

㈠ 信封

　　信封的書寫，大致上可以分為中式與西式兩種，中式直書，西式橫書；但無論中、西式信封，都會包含以下七個部分，分別是：寄信人、收信人、寄信地址、收信地址、郵遞區號、啓封詞、緘封詞。

1. 中式信封

⑴ 中式信封書寫注意事項

　　　① 收信人、收信地址、寄信人地址三者中，以收件人姓名最重要，所以為傳達最高敬意，收件人姓名必須書寫在最高的位置。至於收信人地址可分一行或兩行書寫，由「市、區、鄉、鎮」分行，加上機關名稱，掌握由右往左書寫「步步高陞」的原則，逐步向上抬升，但不得高過收件人的姓。正確例示如甲、乙、丙三式；丁式為錯誤例示，因為收件機關高於收件人的姓。

② 收信人姓名連寫後加職稱，為一般性用法，如甲式；先寫收信人姓氏後寫職稱，再寫名字，字體同樣大小，為較尊敬寫法，如乙式；先寫收信人姓氏後寫職稱，將名字側書於旁，為最尊敬的寫法，如丙式；將職稱側書於旁為錯誤寫法，如丁式。

　＊側書規則：側書「名字」，不側書「職稱」。

③ 信封上對收件人的稱呼，是給郵差看的，不是私人關係稱呼，所以應該以「先生」、「小姐」、「女士」等表之。

④ 啟封詞之使用需注意收件者之職業以及收件者與寄件者之關係，詳細內容請參附錄一。

⑤ 緘封詞主要有「寄」、「緘」、「謹緘」。「寄」、「緘」為一般信件使用，「謹緘」為對長輩時使用，若為表自己敬意，除對晚輩外皆可用「謹緘」。另除重要信件需加上寄件人姓名外，其餘以「姓＋緘封詞」行之即可。若寄件者非個人而是機關單位，則直接以單位行之，不必寫緘封詞。

　＊如果使用明信片，則寫「收」、「寄」，不寫「啟」、「緘」。

(2)中式信封例示

（甲）

52345

彰化縣埤頭鄉文化路369號

明道大學　中國文學系

林小玲主任　道啓

花蓮縣壽豐鄉中山路一號　陳緘

97401

一般用法：收件人姓名連寫後加職稱

（乙）

52345

彰化縣埤頭鄉文化路369號

明道大學　中國文學系

林主任小玲　道啓

花蓮縣壽豐鄉中山路一號　陳緘

97401

較尊敬寫法：
姓＋職稱＋名（未側書）

（丙）

52446

彰化縣溪洲鄉中央路369號

台灣糖業公司

陳董事長　大明　鈞啓

花蓮縣壽豐鄉中山路一號　陳緘

97401

最高敬意寫法：
姓＋職稱＋名（側書）

（丁）錯誤例示

52446

彰化縣溪州鄉中華路二段178號

裕豐企業股份有限公司

李　主任　凱旋　鈞啓

花蓮縣壽豐鄉中山路一號　陳緘

97401

錯誤：收件地址與公司高於收件人姓名
錯誤：側書「職稱」（應側書「名」）

中式信封書寫實例：

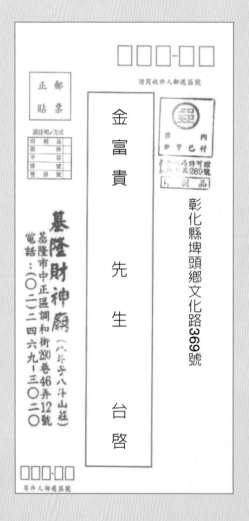

正面（右側信封）：

251

新北市淡水區新春街 1 巷 2 號 3 樓

李　長　川　先　生　大啓

印刷品

校對稿

234

寄件人：花木蘭文化出版社
地址：新北市永和區中正路五九五號七樓之三
電話：02-2923-1455　傳真：02-2923-1452

背面（左側信封）：

請寫收件人郵遞區號

□□□-□□

郵票
正貼

請註明／方式

印刷品	時間
限時	掛號
平信	號快
掛	掛
雙	掛

局內郵票已付

金　富　貴　先　生　台啓

彰化縣埤頭鄉文化路369號

基隆財神廟（八斗子八斗山莊）

基隆市中正區調和街290巷46弄12號

電話：(○二)二四六九-三○二○

寄件人郵遞區號

□□□-□□

彰化縣溪州鄉中央路三段225-11號

張 志 道 教授 道啟

5 2 3 - □□

明道大學

彰化縣埤頭鄉文化路369號

電話：04-8876660（代表號）

5 2 3 - 4 5

2. 西式信封

(1) 西式中文信封書寫注意事項

① 寄件人姓名需書寫於信封左上端，收件人資訊則佔信封中間偏右下的2/3部分。收件人地址寫於收件人姓名之上，如甲式。將收信人地址寫在信封最上端為錯誤寫法，如乙式。

② 為表達最高敬意，收件人姓名略高於機關名，機關名略高於收件地址，如甲式。

③ 其他對於收件人姓名書寫、封緘詞、啓封詞的要求同於中式信封。

97401　花蓮縣壽豐鄉志學村中山路二段一號　陳緘

52446
彰化縣溪洲鄉中央路 369 號
台灣糖業公司

陳大明 董事長　鈞啓

(甲)

寫法：收件人姓名略高於機關名，機關名略高於收件地址。
　　　若要側書，則同樣以姓+職稱+名+啓封詞　形式行之，
　　　名字側書時，字體縮小，略向上抬升。

52345　彰化縣埤頭鄉文化路369號
明道大學中國文學系

余惠文　教　授　　道啓

97401　花蓮縣壽豐鄉志學村中山路二段一號

（乙‧錯誤例示）

錯誤處：1.寄信人地址（花蓮縣……）應放在左上端；

2.收件人地址應置於收件人姓名之上；

3.收件人資訊應佔信封偏右下的2/3部分，不宜縮寫在下側。

西式中文信封書寫正確實例

(2) 西式外文信封書寫原則：

　① 收件人與寄件人位置與中文信封相同

　② 收件人資料第一行——姓名或公司、商號，如：Chen Kai-yen

　③ 收件人地址書寫方式——由小而大，先寫號碼，再寫街名、城
　　　市、州（省）及郵遞區號，最後是國名

　④ 寄件人姓名、地址等書寫順序與收件人相同

西式外文信封地址書寫例式

Jason Ling
358 Chung Hua Rd.
Taipei Taiwan 10849
R.O.C

　　　　　　　　Chen Kai-yen
　　　　　　　　250 Baker Street
　　　　　　　　New york, New york 10027
　　　　　　　　U.S.A

㈡ 箋文

　　正式書信的箋文，因應收件對象之角色與輩份有別，在遣詞用語與內
容上都會有所不同。在遣詞用語上尤重謙恭、嚴謹、穩重；以內容而論，
則不管所要敘明之事項與用途為何，一般仍是由「稱謂」、「提稱語」、
「開頭應酬語」、「啓事敬辭」、「正文」、「結尾應酬語」、「結尾敬
辭」、「自稱、署名、末啓詞」、「寫信時間」、「補述」等幾個主要要

素組成。

　　今之書信為書寫上的方便，許多部分都可省略，包括：「開頭應酬語」、「啓事敬辭」、「結尾應酬語」等。以下依書信撰寫順序分別說明各要素內容：

1.「稱謂」：為發信人對收信人之尊稱，依關係親疏而有不同的稱呼，在信紙第一行最高位置書寫。如運用於求職或職場上的交際往來，則須更審愼考量稱謂的妥適性，勿因自恃熟稔而逾矩。

2.「提稱語」：書寫在「稱謂」之下，此為請求收信人查閱箋文之意，因此要依照收信人的身份，以及收信人和自己的關係，選擇合適的用語。如寫信給長輩可以用「尊鑒」；寫信給教師或教育界人士，可以用「道鑒」；寫信給行政長官或職場上司可用「鈞鑒」；給日常往來的平輩或朋友可用「惠鑒」、「大鑒」、「台鑒」；給晚輩則用「青覽」即可。

3.「啓事敬辭」：是陳述事情的發語辭，今多省略，亦可置於「開頭應酬語」之後，依關係不同亦有不同用法。

4.「開頭應酬語」：一般接於省略「啓事敬辭」的「提稱語」之後。為避免開頭直接揭示該信目的，而使人有突兀之感，故需有「開頭應酬語」，然「開頭應酬語」因人、因時、因關係不同而有不同用語，不必拘於一格，如對師長可用「遙望　門牆，則深思慕」；用於長官可選擇：「翹企　斗山，輒深景仰」或「引領　崇輝，輒深仰企」等。至於其他關係及用語，請詳參附錄一。

5.「正文」：為箋文主體，無定格，然需注意書寫層次，務求明白暢達。為表達敬意，提及對方時須「抬頭」，可「挪抬」或「平抬」。

　(1)「挪抬」：在表敬意之對象前空一格。

　(2)「平抬」：將敬意對象提高到另一行最上面書寫。

6.「結尾應酬語」：依照書信內容、雙方交情而有不同，不必拘於一格，

亦可省略。

7. 「結尾敬辭」：為箋文結束時向收信人表示禮貌之意，主要內容包括「敬語」及「請安語」，可視正文內容與實際需要選擇合適之「結尾敬辭」。「敬語」，如：肅此、專此、草此等，今日書信內容多將「敬語」省略；至於「請安語」的使用，應考慮雙方關係，務求合宜貼切，如用於師長可選擇：「恭請　教安」或「敬請　道安」；平輩交往可用：「即請　大安」、「敬請　台安」等。

8. 「自稱、署名、末啓詞」：「自稱、署名、末啓詞」通常置於文章末行，若與時間連寫，以不超過行長二分之一為原則。自稱如「學生○○○敬上」，「學生」為自稱需側書；○○○為發信人署名，關係親近時可將姓氏省略；「敬上」為「末啓詞」，表稟報、述說之意，依關係不同有不同用語。其他用法，請參附錄一。

9. 「寫信時間」：表發信時間。若署名太長，可次行書寫。

10. 「補述」：信件寫完後若仍有事交代，但恐置於文中會影響文意鋪陳，故置於文後。補述項目不可太多，以免喧賓奪主。若是重要的上行書信，則盡量不用「補述」，以示莊重。

　　茲列實例一則，以明箋文結構：

小玲老師道鑒：敬稟者，遙望　門牆，則深思慕。學生今年已順利完成學業，取得碩士學位，雖久未沐吾　師之春風，然往日之殷殷教誨仍銘刻於心，今特致上畢業論文乙本，祈請　老師不吝賜正。如蒙　鴻訓，幸何如之。肅此敬達，敬請
教安
　　　　　　　　　　　　　　　學生李大明敬上　七月三十日

1. 稱謂：小玲老師
2. 提稱語：道鑒
3. 啓事敬辭：敬稟者
4. 開頭應酬語：遙望　門牆，則深思慕
5. 結尾應酬語：如蒙　鴻訓，幸何如之
6. 結尾敬語：肅此敬達
7. 結尾請安語：敬請　教安

　＊注意事項：箋文摺疊亦必要講究，不管是直式直書，抑或是直式橫書，均應將字面朝外，避免將字面反摺於內，因爲文字朝內之書信乃用以報凶或絕交。求職時如果能仔細注意這些細節，反覆推敲、靈活運用，相信一定能事半功倍。

四、箋文範例

㈠ 請託

文祥世伯尊鑒：
許久未能瞻見　道範，十分想念。想必
福體安泰，事業興隆。寒假即將到來，小姪亟欲運用假期時間工讀，一方面印證在校所學，一方面也賺取部分學費，以減輕家中負擔。記得
世伯所經營之公司，往年寒暑假都提供若干工讀名額予在學學生，不知今年是否援例辦理？小姪懇切希望
世伯能夠考慮優先錄用，屆時一定敬業勤奮，不負所望。肅此，敬請
崇安
　　　　　　　　　　　　　世姪　李大明謹上　一月三日

(二) 謀職自薦

經理先生尊右：

頃閱網站廣告，藉悉

貴公司急需日語翻譯人員一名，曷勝欣喜。本人畢業於國立臺灣大學日語系，從事翻譯工作已有三年，現任職於高原出版社，負責日語小說的翻譯工作，因此自信能勝任這項工作。如蒙　惠予面談，無任感激。謹附履歷表、畢業證書與在職證明等文件，以供

察閱，並請賜覆為禱。耑此，敬頌

崇祺

晚　李大明謹啓　一月三日

(三) 職場謝函

文祥先生鈞鑒：

久仰大名，如雷貫耳。上週三（12月30日）敝公司同仁前往總部進行例行性研習，在業務繁忙之中蒙您撥冗親自接待，並多所賜教，隆情高誼，衷心銘感，謹致由衷之謝悃。他日倘有良機，當再擇期請益。

　　專此　敬候

大安

裕豐公司溪洲分部　組長

李大明　謹啓

一月三日

五、習作

㈠ 請試擬一封謀職自薦信，毛遂自薦。

㈡ 因為老師積極推薦，使你能順利找到好工作，請試擬一封謝函，表達對老師的謝意。

㈢ 因有要事請假，需請職場前輩代班三天，請試擬一封請託信函，誠摯請託前輩協助。

附錄一

對象／關係	提稱語	開頭應酬語	結尾敬語	結尾請安語	末啓詞	啓封詞
祖父母及父母	膝下、膝前	「遙念○慈顏，良深孺慕」「仰望○慈暉，孺慕彌切」	專肅、肅此	「叩請○金安」「敬請○福安」「敬請○金安」	秉上、敬叩	安啓
長輩	鈞鑒、尊鑒、尊前、賜鑒、尊右	「仰望○德暉，時切馳依」「前奉蕪緘，諒蒙○垂鑒」	肅此、謹此	「恭請○鈞安」「敬請○崇安」「敬頌○崇祺」	敬上、謹上、拜上	鈞啓
平輩	台鑒、大鑒、惠鑒、左右、足下	「分袂以來，彈指經年」「翹企○斗山，心切依馳」	敬此、謹此	「順頌○時祺」「順頌○時綏」「敬請○台安」「即請○大安」「順候○近祉」	敬啓、拜啓、頓首、謹白	台啓、大啓

對象／關係	提稱語	開頭應酬語	結尾敬語	結尾請安語	末啓詞	啓封詞
晚輩	如晤、如面、知悉、知之、收覽、青鑒、青覽	「數年契闊，渴念殊殷」「每念○故人，想念殊殷」	耑此、特此	「順問○近好」「順問○近祺」「即頌○刻好」	手書、字、諭、示	收啓
師長	尊前、尊鑒、道鑒、函丈、壇席、講座、	「遙望○門牆，不勝瞻企」「遙思○師門，不勝思慕」	專肅、謹肅	「恭請○誨安」「敬請○道安」「恭請○教安」	敬上、謹上	道啓鈞啓
同學	台鑒、大鑒、惠鑒、左右、足下、硯右、硯席、文几、文席	「函後久疏，時深懷念」「憶昔一別，眷戀情切」	耑此、特此	「敬請○學安」「即頌○文祺」	再拜、頓首	台啓大啓

對象／關係	提稱語	開頭應酬語	結尾敬語	結尾請安語	末啓詞	啓封詞
教育界	道席、撰席、著席、史席、講座、座右、塵次	「自違○雅範，音信多疏，常念藝苑鴻才，文祺百祿，以欣以慰。」	崇肅、謹肅	「恭請○誨安」「敬請○道安」「敬請○學安」「即頌○文祺」「敬請○教安」	敬上、謹上	鈞啓道啓
政界	鈞鑒、鈞座、勛鑒、台座、台鑒	「久疏函候，時切馳思，恭維○勛猷卓越，動定綏和，以為祝頌」	崇肅、謹肅	「敬請○勛安」「恭請○鈞安」	拜啓、敬啓	鈞啓勛啓
軍界	鈞鑒、鈞座、麾下、幕下	「箋候久疏，下懷殊切，敬維○威望遠隆，幕府揚威，為祝為頌。」	崇肅、謹肅	「敬請○戎安」「恭請○麾安」	拜啓、敬啓	鈞啓勛啓
商界	惠鑒、大鑒	「不通函候，懷念多勞，比維○商運亨通，駿業日隆，為祝為頌」	崇此、特此	「敬請○籌安」「敬候○籌綏」	敬上、謹上	鈞啓

附錄二
電子郵件的應用書寫

　　電子郵件的書寫與傳統書信大致相同，都需註明收件人、寄件人的相關資訊，也必須依收件對象之身份、職業、年紀的不同，靈活選擇不同的稱謂與問候語。不過，電子郵件的寫法還沒約定俗成，因此原則上還是按照傳統箋文的規則行之。以下提出幾點書寫電子郵件時需注意的重要事項，提供讀者參考：

㈠ 設定醒目且具體的主旨，讓收件者一目了然，快速掌握信件要旨與內容。

㈡ 正式的電子郵件應避免使用注音文、表情符號、火星文等。如果電子郵件的收件對象是自己熟悉的好友，使用表情符號無傷大雅；但不管收信對象是好友或長輩，注音文與火星文皆不宜出現，以免造成內容的誤讀。

㈢ 遵守電子郵件書寫禮儀。電子郵件雖然講求方便、快速，但是書信禮儀仍必須遵守，以免貽笑大方。電子郵件的內容除正文外，尚包含：稱謂、開頭問候語、結尾問候（請安）語、自稱署名、署名下敬辭、寫信日期等。在這幾項中，開頭問候語較常省略，依信件質性不同靈活使用。

電子郵件書寫格式：

收件者：
副本：
主旨：
附件：

稱謂：
開頭問候語
正文
結尾問候語

自稱
署名　署名下敬辭
日期

電子郵件書寫實例

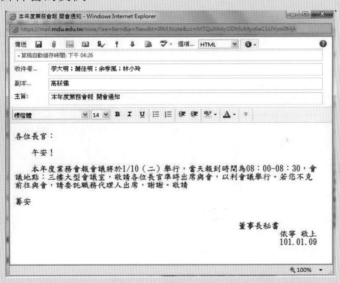

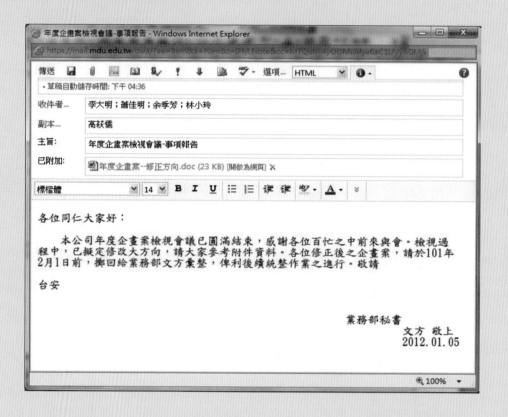

年度企畫案檢視會議-事項報告 - Windows Internet Explorer

https://mail.mdu.edu.tw

傳送 | 選項... HTML

- 草稿自動儲存時間: 下午 04:36

收件者... 李大明;蕭佳明;余季芳;林小玲

副本... 高萩儒

主旨: 年度企畫案檢視會議-事項報告

已附加: 年度企畫案-修正方向.doc (23 KB) [開啟為網頁] ✕

標楷體　14　B I U

各位同仁大家好：

　　本公司年度企畫案檢視會議已圓滿結束，感謝各位百忙之中前來與會。檢視過程中，已擬定修改大方向，請大家參考附件資料。各位修正後之企畫案，請於101年2月1日前，擲回給業務部文方彙整，俾利後續統整作業之進行。敬請

台安

業務部秘書
文方 敬上
2012.01.05

100%

—— （陳靜容教授撰述）

便條、名片、簡訊

三

　　想要藉著文字或書面與人交接往返，互通訊息，除了投遞書信之外，運用更爲簡便的方式就是便條與名片。兩者都是直接留交給收件人閱覽，毋須經由郵寄，而名片則較便條更爲正式。此外，現今電子通訊發達，手機運用普遍，簡訊也是傳遞訊息的便捷方式，效用甚至超過前二者，在此一併敘述。

第一節　便條

一、便條的定義

　　便條，就是簡便的留言字條，也可以說是簡化的書信，在日常生活中應用得非常廣泛。譬如：訪友未遇、借送物品、答謝、邀約、請假、探詢等事，爲求方便迅速，都可以寫一張便條留交給人，表達自己意思。便條大多是臨時留言，或是訪友不遇而留置，故不適合郵寄；若使用郵寄，則是書信而不是便條。

　　便條不若書信來得正式，兩三言即可交代清楚，不必長言大論，也不拘客套形式，但仍須注意以下兩點：

㈠ 用於關係較爲親密的人

　　便條因爲簡短方便，大多隨興而作，故多用之於親密的戚友或是僚屬，若對於新交或是尊長，非不得已，應盡量避免使用。

㈡ 不宜書寫機密隱私的事

　　便條不用信封套，內容隨人可見，故凡是涉及機密或個人隱私之事，自不宜使用便條。

二、便條寫作的要點

便條的寫作以簡便為主，沒有固定格式，其寫作要點如下：

㈠ 直書其事，用語簡單明白

便條文詞不必刻意修飾，書信所用的應酬語或敬辭均可以省略，提筆可開門見山，直接寫出事情的內容，行文務必簡單明白，讓人易懂。

㈡ 陳述事件，不宜複雜煩瑣

便條因為書寫的空間不多，且時間短促，故應以陳述單一事件為原則，務使人一目了然，避免煩瑣冗長。

㈢ 一般書信用語，仍可保留

寫便條給對方，姓名稱謂應抬頭頂格，在正文前或正文後皆可。如寫在正文前，則正文後面可加問候語（如例四之「並祝　愉快！」）；如寫在正文後，則應先在正文的末尾加上交遞語（如例一之「此上」，例三之「此請」）。他如結尾的自稱、署名、署名下敬辭與日期，均與普通書信相同。

㈣ 便條用箋，應取大方雅潔

各機關、學校或公司行號多會印製便條紙以供使用，其他任何紙條也都可以使用，但以素色雅潔而稍具長直形者為宜。字體必須易於辨識，不可太過潦草。

三、便條的結構

便條的結構可分為四部分：

㈠ 正文

　　所欲交代事件的內容，可由第一行頂格書寫起，或在姓名與稱謂之後，接續書寫。

㈡ 姓名與稱謂

　　對方之姓名與稱謂，如「○○兄」、「○○姊」、「○○先生」等，應抬頭頂格，寫在正文前或正文後皆可。如寫在正文前，則正文後面可加問候語，如「敬祝　愉快」、「即請　台安」、「順頌　時祺」等（例二、例四）。如寫在正文後，則應先在正文末尾加上「此上」、「此致」、「此贈」、「此請」等交遞語。（例一、例三）

㈢ 署名與敬辭

　　署名右上方應加自稱，如「弟」、「妹」、「晚」等。署名下方，也須加敬辭，如「上」、「敬上」、「拜上」、「拜啓」等。

㈣ 日期

　　通常寫於署名下方偏右。

四、便條範例

例一、拜訪：

南下來訪，未能如期見面，何悵之甚也！謹備薄禮乙份，託　貴處室小姐代交，請笑納！若蒙不棄，當再擇日約期拜晤，尚祈　俞允為幸。此上
大鵬兄
　　　　弟　鐵軍拜留　八月十八日

例二、借物：

黛玉姊：
因今天上課急需《詩韻全璧》，剛好見到您書架上有一冊，來不及告知便先取用，實在魯莽，望　姊見諒。待上課後隨即奉還，並當面致歉。
　　　　妹　香菱敬上　即日

例三、邀宴：

昨日義高兄自美出差來台北，僅留三天，多年未見老友，非常盼望相聚。謹訂明晚在 敝寓 備辦小酌，敬請　光臨。幸勿推辭。此請
禮全兄賢伉儷
　　　　弟　仁和鞠躬　四月十日

例四、謝贈：

清照姊：
承蒙　惠贈新鮮櫻桃三盒，粒粒晶瑩飽滿，滋味甘美絕倫，養顏美容，實獲我心。感念您的厚愛，謹回謝牛軋糖乙包。敬請享用，並祝
愉快！
　　　　妹　淑貞拜謝　二十日

五、習作

㈠ 因公司舉行登山活動，擬向友人借用超廣角數位相機，試撰寫便條一紙。

㈡ 代同事接聽上級來電，轉知處理某件要事，試留陳便條告知。

㈢ 接受好友邀請於家中聚餐，非常樂意前往，留言便條一則。

第二節　名片

一、名片的定義

　　名片，就是向人出示自己的身分與聯絡方式的卡片，上面通常印有姓名、職銜、地址、電話、手機和電子信箱等資料，多用於下列場合：

㈠ 自我介紹

　　在社交場合，或是在接洽公務、商務時，與人初次見面，即可與對方交換名片，用以介紹自己，增進彼此之間的認識和了解，也可以作為日後備忘之用。

㈡ 拜訪通報

　　拜訪時，遇傳達室或秘書人員，即可遞交名片，請求通報，讓對方有所準備；如果適逢對方外出，或無暇接見，亦可以留下名片致意。

㈢ 託人轉達

　　引介他人拜訪另一人，或是託人致送禮物、傳遞訊息、洽取物品，假如不使用書信，即可使用名片書寫數語，交託他人代為轉達。

　　總之，名片可以說是便條的變體，與便條功用相同，但是更加方便，也更加鄭重，適合隨時攜帶使用。

二、名片的款式

　　名片的款式，一般可概分三種：

㈠ 直式（中式）

　　直式名片有正反二面，正面中央直行印上姓名。或分三路直行：中路為姓名，字體較大；右路為服務機關或公司行號，以及職銜；左路為聯絡之地址、電話或手機、電子信箱等。反面空白，以供書寫留言之用。

㈡ 橫式（西式）

　　橫式名片採自左而右橫排，正面亦分為三路，由上而下排列，如同直式名片由右而左之順序，內容不變。反面空白，同樣留作書寫之用。

㈢ 兩用式（中西合璧式）

　　通常正面為直式（中式）印中文，反面為橫式（西式）印英文或其他外文。

三、名片的寫作要點

　　以名片留言，係指在名片空白之處書寫，因其空間極狹窄，故通常正反面均須妥善利用，字體宜細小而清晰，其寫作要點如下：

㈠ 收片人的姓名與稱謂

　　寫在正面左上角或右上角空白處，前加「留陳」、「面呈」、「敬煩面陳」等字樣（例二）。如致送禮物或託交專人，可寫「專送／○○路○○號○○○先生」（例三）。如係答覆之用，則寫「回陳」。

㈡ 自稱、敬辭與日期

　　自稱「弟」、「妹」或「晚」，字體須略小偏右，寫於印好之姓名上方，若為較熟悉之平輩，亦可寫於姓與名之間。姓名之下再署以敬辭，如「頓首」、「拜上」、「謹上」、「敬賀」等，日期則以小字書寫其右下方。

㈢ 反面留言

　　留言字數多者，可寫於反面，但不必另外署名。對尊長及平輩，改為「名正肅」，意謂姓名在正面致敬；對晚輩或平輩，則用「名正具」，意謂姓名已具備在正面。

四、名片範例

例一、請求延見：

宏觀雜誌社特約文字記者

敬希　延見

弟　金成武　拜上

傑倫兄

住址：台南市成功一路三段200號5F
電話：06-1234567　手機：0929123456
E-mail：albert.tw@hotmail.com

例二、拜訪未晤：

國立臺北教育大學教授

今午順道拜訪，適值開會，未能晤面，匆匆趕赴高鐵返北，有空當再趨訪。　十月五日

留陳　梁超偉教授

弟　柳德華　敬上

住址：臺北市大安區安和路31巷3號
電話：02-87654321　手機：0929123456
E-mail：dehualiu@ntue.edu.tw

例三、致送賀禮：

（正面）

銓泰發國際貿易公司總經理
嘉義市國際獅子會副總幹事
臺南縣福星國小校友會會長
明道大學
彰化縣埤頭鄉

專送

弟　王立宏　拜上

張學佑教授

住址：嘉義市西區世賢路一段525號
電話：05-1234567手機：0934123456
E-mail：everstar@gmail.com

（背面）

欣逢
令尊大人七旬壽慶，弟因有公務不
能親往拜賀，非常抱歉。在此奉上
壽酒兩瓶，敬希
固，藉頌福壽無疆，康寧永
笑納　此上
學佑兄

名正肅

五、習作

(一) 假日順道往訪舊日長官，未遇，試以名片留言致意。

(二) 得知同仁喜獲麟兒，特贈鮮花一束，並陳名片一則祝賀。

(三) 試擬介紹舍弟赴某熟識之醫生診治，面陳名片一則。

第三節　簡訊

一、簡訊的定義

　　簡訊，就是以手機寄發給人的簡短文字訊息。近年來通訊科技發達，手機幾乎成為人人必備的溝通工具，除了收話、發話之外，又可以用文字發送簡訊。簡訊不僅具有言簡意賅的特性，且隨時隨地可發送，即傳即到，又能保有私密，故為人樂於採用，甚至有取代一般書信或便條的趨勢。但簡訊每一則長度僅限制在七十字（全形中文，包含標點）以內，不能多言，而其收發與保存又極為隨意，容易遺失，是以正式而重要的書信，仍不宜以簡訊取代。

　　一般職場上的簡訊，適用在幾個方面：

(一) 祝賀問候（例一）

　　舉凡生日、節慶和過年，或是特殊的時刻、場合，只要想寄予對方祝福或關懷，都可以用簡訊傳達心意。發者稱便，受者溫暖，惠而不費。

(二) 緊急通知（例二）

　　爭取時效的訊息，再沒有比發送簡訊更加適宜的。例如：突發的緊急

事故、臨時更改或是取消的約會、須即刻確認的重要事項……等，簡訊立即傳送的功能，強過任何書面的通知。

㈢ 消息傳達（例三）

　　非即時的一般訊息，以簡訊傳送給特定對象，更能簡便確實；若是針對多數人發送，尤其能收到廣告之效，且免用紙張，符合環保，因此多為商業訊息大量使用。如收貨通知、繳費提醒、商品促銷……等。

二、簡訊的寫作要點

　　簡訊的寫作雖然極為自由，但仍宜遵守下列要點：

㈠ 用語簡明清楚，陳述不宜煩冗

　　簡訊的作用與便條相同，以簡便為上，因此也應採取簡明清楚的表達方式，陳述事項以單一事件為原則，不宜繁瑣冗長，務使接收者迅速明瞭訊息的內容。

㈡ 稱謂與書信敬語可適度使用

　　手機因具備來電自動顯示姓名的功能，一般簡訊使用者，多省略對方的稱謂與署名。然而，若用於新交或尊長，則仍應予保留；若是用於不知名的對象或多數人，則稱謂與署名更不可少，並應再加上合適的敬語（如「敬上」、「拜上」）。

㈢ 盡量避免使用「罐頭簡訊」

　　過年佳節，乃是簡訊發送的高峰期。此時多有電信業者或網路提供寫好的現成祝賀語，即「罐頭簡訊」，任人使用。若偶而用之，固然無妨，只是為表達發送者的誠意，仍以親自撰寫為宜，且切勿一訊多傳，以免

「罐頭簡訊」變成「垃圾簡訊」。（例四）

三、簡訊的結構

簡訊的結構受限於手機螢幕大小與字數限制的緣故，多不採分行或空格，而以文句連貫到底的形式寫作，但仍應包括下列幾部分：

㈠ 正文

即簡訊交代的內容事項。可自頂格寫起，不須換行寫到底。

㈡ 姓名與稱謂

除非對方為熟識對象，彼此互有手機號碼可以辨認，否則姓名與稱謂仍不可少。其寫法請參考「便條」（如「○○兄」、「○○姊」、「○○先生」）。

㈢ 署名與敬辭

若對方確知發送人為誰，為簡便之計，則署名與敬稱皆可省。若對象為尊長或新交，則仍應加上署名與敬辭。

㈣ 日期

簡訊的書寫日期，即發送的時間，立刻會在手機顯示，故一般不必再留日期。若須留日期，則寫於署名與敬辭之後。

四、簡訊的範例

例一、祝賀簡訊：

親愛的湘雲：生日快樂！謝謝妳總是那麼活潑可愛……讓我看見無敵的青春歲月！雖然我不在妳身邊，但我們心心相連，真心的祝福妳生生日日快快樂樂永永遠遠！

例二、通知簡訊：

陳經理您好：非常抱歉，原訂今午與您商討保單事宜，恐須延後。因路上發生意外擦撞，正在處理中。不便之處，懇請您見諒。盛邦人壽保險員顧平安敬上

例三、廣告簡訊：

范特希精品眼鏡感謝您對我們的支持與鼓勵，祝您新年快樂，龍年行大運！新年期間我們照常營業，歡迎蒞臨做眼鏡清潔保養服務。另有多重優惠折扣等您來拿喔！

例四、罐頭簡訊：

新的1年開始，祝好事接2連3，心情4季如春，生活5顏6色，7彩繽紛，偶爾8點小財，煩惱拋到9霄雲外，請接受我10心10意的大祝福！新年快樂～

五、習作

㈠ 同事張先生因為染上重感冒，請假在家休養。請發簡訊一則慰問之。

㈡ 氣象局今晚發布陸上颱風警報，明日參訪東勢林場之行勢必取消。請發簡訊一則通知相關人員。

㈢ 承恩醫院為節省病患候診時間，新採用簡訊預先通知掛號病患看診。請發簡訊一則，通知林芝玲小姐半小時後赴皮膚科看診。

—— （兵界勇教授撰述）

公文

四

一、公文的意義

公文，顧名思義爲處理公務的文書，但必須具備三個基本條件，方能稱之爲公文：

㈠ 內容須與公務有關

公文內容必須與公務有關，所謂「公務」，即是公眾事務，有的是機關與機關、團體與團體間的事，有的也牽涉到人民與機關或人民與團體的事。

㈡ 處理單位必須有一方為機關

所謂機關，包括官署（政府行政機關）和非官署（如民意機構或國營事業單位）；人民，則包括個人及人民團體（如各種職業團體、學會、協會、工會等）。凡機關之間處理公務的文書，或是人民與機關、團體間來往的文書，由於有一方是機關或團體，這種文書，就稱之爲公文。

㈢ 須具備一定程式

公文寫作，依據「公文程式條例」，必須遵守一定的程式，一定的用語，一定的稱謂。

二、現行公文程式條例

「公文程式條例」係民國十七年十一月十五日政府公布。此後，分別於民國四十一年十一月二十一日、民國六十一年一月二十五日、民國六十二年十一月三日、民國八十二年二月三日、民國九十三年五月十九

日、民國九十三年六月十四日，經總統正式公布修正。以下，即為現行之
「公文程式條例」：

公文程式條例

第一條　稱公文者，謂處理公務之文書，其程式，除法律別有規定外，依
　　　　本條例之規定辦理。

第二條　公文程式之類別如下：

　　　　一、令：公布法律，任免、獎懲官員，總統、軍事機關、部隊發
　　　　　　　布命令時用之。

　　　　二、呈：對總統有所呈請或報告時用之。

　　　　三、咨：總統與國民大會、立法院、監察院公文往復時用之。[1]

　　　　四、函：各機關間公文往復，或人民與機關間之申請與答覆時用
　　　　　　　之。

　　　　五、公告：各機關對公眾有所宣布時用之。

　　　　六、其他公文。

　　　　前項各款之公文，必要時得以電報、電報交換、電傳文件、傳真
　　　　或其他電子文件行之。

第三條　機關公文，視其性質、分別依照下列各款，蓋用印信或簽署：

　　　　一、蓋用機關印信，並由機關首長署名、蓋職章或蓋簽字章。

　　　　二、不蓋用機關印信，僅由機關首長署名、蓋職章或蓋簽字章。

　　　　三、僅蓋用機關印信。

---

[1] 監察院長及委員由總統提名、立法院同意後任命，與行政院、司法院、考試院相
　同，已非民意機關，故行政院之「事物管理手冊‧文書處理」已將監察院排除於
　「咨」之使用機關。另「國民大會」也已廢除，也須刪除。

　　機關公文依法應副署者，由副署人副署之。

　　機關內部單位處理公務，基於授權對外行文時，由該單位主管署名，蓋職章；其效力與蓋用該機關印信之公文同。

　　機關公文蓋用印信或簽署及授權辦法，除總統府及五院自行訂定外，由各機關依其實際業務自行擬定，函請上級機關核定之。

　　機關公文以電報、電報交換、電傳文件或其他電子文件行之者，得不蓋用印信或簽署。

第四條　機關首長出缺由代理人代理首長職務時，其機關公文應由首長署名者，由代理人署名。

　　機關首長因故不能視事，由代理人代行首長職時，其機關公文，除署首長姓名註明不能視事事由外，應由代行人附署職銜、姓名於後，並加註「代行」二字。

　　機關內部單位基於授權行文，得比照前二項之規定辦理。

第五條　人民之申請函，應署名、蓋章，並註明性別、年齡，職業及住址。

第六條　公文應記明國曆年、月、日。

　　機關公文，應記明發文字號。

第七條　公文得分段敘述，冠以數字，採由左而右之橫行格式。

第八條　公文文字應簡淺明確，並加具標點符號。

第九條　公文，除應分行者外，並得以副本抄送有關機關或人民，收受副本者，應視副本之內容為適當之處理。

第十條　公文之附屬文件為附件，附件在二種以上時，應冠以數字。

第十一條　公文在二頁以上時，應於騎縫處加蓋章戳。

第十二條　應保守秘密之公文，其製作、傳遞、保管，均應以密件處理之。

第十二條之一　機關公文以電報交換、電傳文件、傳真或其他電子文件行之者，其製作、傳遞、保管、防偽及保密辦法，由行政院統一訂定之。但各機關另有規定者，從其規定。

第十三條　機關致送人民之公文，除法規另有規定外，依行政程序法有關送達之規定。

第十四條　本條例自公佈日施行。

　　　　　本條例修正條文第七條施行日期，由行政院以命令定之。[2]

三、公文的分類

　　公文的分類有二：一為名稱方面的分類，另一為行文系統方面的分類。簡介如下：

㈠ 名稱方面的分類

　　依據〈公文程式條例〉第二條規定，公文的類別有「令」（如法令之公布，人事之任命）、「呈」（行政院、司法院、考試院對總統有所呈請或報告）、「咨」（總統與立法院來往之公文）、「函」（凡上下級、平行級機關往來之公文，或民眾與機關間之申請與答覆時所用之文書[3]）、「公告」、「其他公文」（如開會通知、報告、聘書、證明書、契約書、

2　民國93年6月14日行政院發令自94年1月1日起，公文採由左而右之橫行格式。不僅有利電腦作業，也可與國際接軌。

3　為具體表現平等精神，各機關處理公務一律用「函」，機關與人民間也用「函」。

紀錄等）等六種。

(二) 行文系統方面的分類

公文的行文對象，因為有對上級機關或同級機關、下級機關以及不相隸屬之機關之不同，故而在行文系統中，分成上行文、平行文、下行文三種。

上行文：下級機關對所屬上級機關或其他層次較高的機關所使用的公文。

平行文：同等級或不相隸屬之機關往來之公文，以及人民與機關之間申請或答覆的文書。

下行文：上級機關對於所屬下級機關使用之公文。

四、公文寫作的要點

(一) 務求程式正確

處理公文，必須遵守一定的格式、準則，並依照一事一文原則，提出具體可行的辦法。

(二) 立場不卑不亢

撰寫公文，必須依據本身立場、職權範圍，對上行文、平行文、下行文之文字用語，仔細斟酌，俾能不卑不亢，正確傳達態度。

㈢ 文字簡淺明確

　　〈公文程式條例〉第八條規定：「公文文字應簡淺明確，並加具標點符號。」故公文寫作時，須注意文詞明白曉暢，旨意明確，讓收文者知所遵循。

㈣ 遵守公文用語

　　公文在稱謂及表達期望、請示、通知、交辦、指示、准駁時，為求語意明確及相互尊重，有其專有用語。例如稱謂上對上級機關首長稱「鈞長」，首長對屬員稱「台端」，對一般人民則稱「先生」、「女士」，自稱則稱「本」；而起首語，對上級用「謹查」，一般則用「查」……等。

㈤ 注意法律用字

　　政府對公文寫作，除有格式限定外，在用字用詞之規定上，亦有與一般習慣不同者，需參照行政院頒布之「法律統一用字表」、「法律統一用語表」加以注意。例如「公布、分布」用「布」不用「佈」；「徵兵、徵稅」用「徵」不用「征」；「占有、獨占」用「占」不用「佔」；「帳目、帳戶」用「帳」不用「賬」；「身分」用「分」不用「份」；「菸酒」用「菸」不用「煙」；以及「設、置」兩字用於「設機關」與「置人員」；「制定、訂定」用於「制定法律」、「訂定命令」……等。

五、公文的結構

　　公文結構十分嚴謹，撰寫者必須按此書寫：

㈠ 發文機關及文別

　　公文上須標明發文機關的全銜，並寫出公文類別，使承辦人員知道來文機關及類別。

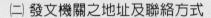

（二）發文機關之地址及聯絡方式

　　為便於公文收發雙方相互聯繫，必須填列發文機關地址及聯絡方式[4]。

（三）受文者

　　受文者如為機關，應書全銜；如為個人，則在姓名之後加稱「先生」、「女士」或「君」或「職銜」。

（四）資料管理

　　公文書寫，應包含「發文日期」、「發文字號」、「速別」、「密等」、「附件」等。

　　「發文日期」以中華民國紀年為依據。[5]

　　「發文字號」之「字」以一至三個字為原則；如「文圖字」、「府經發字」等。編號原則，前三碼為年度，後七碼為流水號。如：文圖字第1020012345，係文化局圖書資料科民國一百零二年撰發的第12345號公文。

（五）本文

　　即公文之本體，包括「主旨」、「說明」、「辦法」。[6]

---

[4] 「地址」包括郵遞區號；「聯絡方式」包含承辦人、傳真、電話號碼、E-mail等。

[5] 若行文對象為大陸機關時，宜以西元紀年。

[6] 內容簡單的公文，可「主旨」一段即完成；案情較繁的公文，用「主旨」、「說明」，或「主旨」、「辦法」二段；複雜的公文才三段具備。

「主旨」說明行文目的與期望。

「說明」敘述事實或理由。

「辦法」為具體要求或處理方法。

(六) 正本、副本

公文「正本」發給受文者，「副本」發給與處理本案相關的單位或人民。

(七) 簽署和蓋印

全文之後，應由發文機關首長簽署職銜姓名，以示負責。簽署和蓋印的規定為：

1. 令、公告、任免令、獎懲令、聘書、獎狀、證明書、契約書、證券等，蓋用機關印信及首長職銜簽字章。

2. 上行文署機關首長職銜、姓名、蓋職章（官章），不能蓋首長簽字章。

3. 平行、下行文蓋職銜簽字章。

4. 一般事務性通知，蓋機關條戳。

另外，機關首長出缺時，由其代理人署名蓋章，並在職銜上加註「代」字；首長請假、公出時，公文除署首長姓名、註明不能視事事由外，代行人在職銜、姓名之後，加註「代行」二字。

(八) 副署

公文在機關首長署名之後，依據法律，應該副署之人，必須加以副署，以示與首長共同負責之意[7]。但法律規定，不須副署之公文，也不得

---

[7] 如《憲法》第三十七條：「總統依法公布法律、發佈命令，經行政院長之副署。」

任意加以副署。

六、公文寫作注意事項

㈠ 依據93年6月14日修正之「公文程式條例」第七條,公文書寫應採由
　　左而右橫行格式,故自94年元月一日開始,所有公文已均由左而右橫
　　寫。

㈡ 公文之發文機關需寫全銜,文別寫於發文機關之後空一格,如:

　　教育部　函。

㈢ 受文者寫此份收件單位的全名,如:「臺中市政府」

㈣ 「速別」係指希望受文機關辦理的速度,可依需要填「最速件」或
　　「速件」,「普通件」不必填寫,但亦可填寫「普通」或「普通
　　件」。

㈤ 「主旨」需包含行文目的與期望。故敘述目的之後,切不可漏寫「期
　　望語」。

㈥ 「期望語」之上下行文語氣有別,宜注意使用。如:

　　上行文用「請　核示」、「請　鑒核」、「請　核備」

　　平行文用「請　查收」、「請　查照參辦」

　　下行文用「請注意改進」、「希切實執行」

㈦ 上行文、平行文、下行文之期望語,在「請」字之後,格式亦不同。
　　上行文與平行文,「請」之後均須空一格;下行文之「請」、「希」
　　字後面,則不須空一格。

㈧ 主旨、說明、辦法的文字位置需正確。如:

1.「主旨」內容直接接在冒號後面書寫。例：

主旨：素仰　先生業有專精，服務熱心，茲邀請擔任本會辦理之「地方美食推廣座談會」與談人，請　惠允撥冗參加。

2.「說明」、「辦法」內容不分項時，也是緊接冒號書寫。如果分項，則照一、二、三順序，其位置應隔行、空一格書寫。例：

說明：

一、本案爲觀光處爲加強與本地餐飲業合作，共同推展地方美食，委託本會辦理座談會，本會擇於本（102）年3月3日（星期五）下午2時假本會會議廳辦理。

二、本案將邀請本地餐飲業負責人參加，爲利座談主題聚焦，請於2月28日前將座談資料傳回，以利資料整理。

㈨「說明」或「辦法」中如提到相關單位配合，則需在「副本」欄列出這些單位。

㈩「正本」係塡收文單位，請勿將發文單位列在正本或副本名單中。

⑪蓋用機關章戳之公文，其文末均不加署（如「通知」蓋條戳，即不必署名）

⑫公文爲常見之應用文，即使不當公務員，在職場上，凡與政府機關或民間團體有所往來時，仍會使用到公文；又或者家中土地、房屋、財產之權益產生變更時，有時也會收到相關單位的公文。故公文寫作的認識，不能因爲不當公務員就不去瞭解。

七、範例

㈠試擬行政院原住民委員會致各地方政府函：請規劃辦理原住民就業徵才活動，以協助颱風受災地區失業原住民重返職場，增加經濟收入，維持家庭生計。

◎講解

一、全銜：行政院原住民族委員會

二、公文名稱：函

三、受文者：宜蘭縣政府

　　致「各地方政府」之公文，「受文者」仍只寫此份公文寄達的機關名稱。不宜寫「各地方政府」，因為受文者上面的地址只有一個，也就是寄達機關的地址。

四、「主旨」寫法：「主旨」應先寫目的，再寫期望，如「**為協助颱風受災地區原住民災民重返職場，請規劃辦理原住民就業徵才活動，請查照辦理。**」

　　1. 從題目中取材。

　　2. 把結果改為原因，然後接著寫目的。

　　3. 加期望語（注意行文對象的關係：上行、平行、下行。縣政府隸屬內政部；原住民族委員會為行政院一級機關，與內政部平行；故原住民委員會在層級上可以算是縣政府的上級機關，但因為原住民族委員會與縣政府無直接隸屬關係，所以以「平行文」較適當。）

　　4. 平行文的期望語：

　　　⑴用「請」字。

　　　⑵「請」字後須空一字，期望語也須改「照辦」為「查照辦理」。

檔號：
保存年限：

行政院原住民族委員會　函

地址：10357臺北市大同區重慶北路2段172號
承辦人：
電話：
傳真：
E-mail：

26060
宜蘭縣宜蘭市縣政北路一號
受文者：宜蘭縣政府
發文日期：中華民國100年0月0日
發文字號：原經產字第1000012345號
速別：速件
密等及解密條件或保密期限：普通
附件：

主旨：為協助颱風受災地區原住民災民重返職場，維持生計，請規劃辦
　　　理原住民就業徵才活動，請　查照辦理。

說明：
　一、此次颱風重創各地，尤其山區部落，已造成原住民財物重大損失。
　二、有鑑於災區重建工作，非短時間可完成，為避免災民生活無著，
　　　宜儘速輔導災民重返職場，增加收入，維持家庭生計。
　三、近來經濟尚未回升，失業率仍高，加以天災頻至，部落災民謀生
　　　更為不易，希能善用各界援助，及釋出工作機會，以幫助災民度
　　　過難關，並加速災區復健速度。

辦法：
　一、各縣市政府應針對災區原住民重返職場，辦理就業徵才活動。
　二、應配合災民安置情形，考量其生活、職能、交通等狀況，適時提
　　　供工作機會。
　三、結合民間力量及慈善團體，釋出職缺或聘僱臨時人員。
　四、本案列為專案考核，各縣市執行情況每月向本會會報一次，並作
　　　為相關經辦人員年度考績之重要參考。

正本：各縣、市政府
副本：行政院研考會、經建會

主任委員　○○○

五、「說明」寫法：㈠原因。㈡現況。㈢目的方法

　　（就事實、來源或理由作較詳細之敘述）

　1.「說明」冒號後面留空

　2.從下一行開始條列

　3.條列時退一字

　4.條列文字有第二行時，再退一字。

六、「辦法」寫法：

　1.格式與「說明」相同

　2.必須有確實可行的辦法

　3.從縣政府、民間、原住民各方面去思考

　4.對公務機關的要求，常將執行情形作為賞罰依據，才見效果。

七、正本：題目為「致各地方政府」，此處泛寫「各縣市政府」或「各地
　　方政府」皆可。雖然也可以詳列，但怕掛一漏萬就麻煩。

八、副本：因為辦法中提到：

　1.結合民間單位及慈善團體，所以副本給經建會。

　2.執行情況須向上彙報及牽涉年度考核，所以副本給行政院研考會。

九、署名：首長職銜（主任委員），平行或下行用簽字章。

㈡ 試擬社區發展協會為舉辦研習，向外申請經費補助的公文。

檔號：

保存年限：

台中市烏日區人得社區發展委員會　　函

地址：41474臺中市烏日區人得里信義街279號
承辦人：
電話：
傳真：
E-mail：

41474
台中市烏日區新興路316號
受文者：台中市烏日區公所
發文日期：中華民國101年0月0日
發文字號：烏人字第101000045號
速別：普通件
密等及解密條件或保密期限：普通
附件：如主旨

主旨：為提升社區民眾參與社區營造的能力，本會訂於○月○○日舉辦
　　　「社區營造研習營」，檢附計畫書一份，請　惠予經費補助。

正本：烏日區公所、明道文教基金會、烏日扶輪社
副本：

理事長　　○○○

◎講解

1. 本文內容單純，從「主旨」中已清楚表達目的和期望，故只要「主旨」，「說明」和「辦法」不需列上去。

2. 〈活動計畫書〉為「附件」，所以「附件」那一欄加以註明。

3. 此份公文發給三個單位，故除了在「受文者」欄位將此份公文寄達單位全銜列出外，在「正本」地方則將擬申請經費的單位全部列上。

㈢試擬法務部致所屬檢調機關函：社會詐騙案件層出不窮，請加強查
　緝，以遏止不法，保護善良百姓財產安全。

檔號：
保存年限：

法務部　　函

地址：**10048** 台北市重慶南路一段130號
承辦人：
電話：
傳真：
E-mail：

231新北市新店區中華路74號：
受文者：調查局
發文日期：中華民國101年0月0日
發文字號：法○字第1010023451號
速別：速件
密等及解密條件或保密期限：普通
附件：
主旨：請加強查緝社會詐騙案件，以遏止不法行為，請照辦。
說明：
　一、近年來社會上詐騙集團活動猖獗，受騙民眾無以計數，不僅造成人民財產損
　　　失，也使社會人心惶惶不安。
　二、政府雖然設立「反詐騙專線」，並進行各項反詐騙宣導，但道高一尺，魔高一
　　　丈，詐騙集團利用各種機會，運用各種手段，使人防不勝防。
　三、打擊不法，保障人民生命財產安全，為本部責無旁貸之事，故各檢調單位應加
　　　強查緝詐騙集團，繩之以法，以維護社會安定。
辦法：
　一、請各檢調機關加強查緝，提高破案效能。
　二、對查獲之詐騙案件，應掌握充分證據，使其接受法律制裁，以收遏止之效。
　三、需本除惡務盡之精神，對詐騙集團之成員，一網打盡，澈底瓦解組織，以除後
　　　患。

正本：本部所屬檢調機關
副本：

部長　○○○

◎講解

1. 發文機關爲「法務部」

2. 受文者爲「調查局」或「台北地方法院檢察署」、「台中地方法院檢察署」均可。

3. 「所屬」一定是下行文。「期望語」的語氣、寫法就要符合。

4. 下行文「請照辦」，「請」字後不必空1字。

5. 主旨：說明目的與期望

6. 說明分三層次：

　　⑴ 事實說明：詐騙案件層出不窮。

　　⑵ 現象：處理情形

　　⑶ 本部責任

7. 辦法亦分三步驟：

　　⑴ 加強查緝行動

　　⑵ 付之法律制裁

　　⑶ 除惡務盡

8. 「正本」爲：本部所屬檢調機關

八、習作（請按公文結構書寫）

㈠ 試擬交通部致觀光局函：加強宣傳本土觀光資源，以吸引國外觀光客來台，提升國家形象，促進經濟發展。

㈡ 試擬彰化縣教育處致所屬各中小學函：台南國立臺灣歷史博物館收藏豐富，設備完善，極具歷史人文意義，為加強中小學生之鄉土教育，本縣各級學校，應安排適當時間，前往參觀，以加強愛鄉愛國之教育目的。

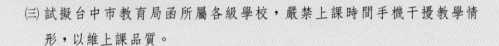

㈢試擬台中市教育局函所屬各級學校，嚴禁上課時間手機干擾教學情形，以維上課品質。

——（陳憲仁教授撰述）

會議文書

五

一、會議文書的定義

「會議文書」，就是開會所應用的文書。　國父《民權初步》說：「凡研究事理，而為之解決，一人謂之獨思，二人謂之對話，三人以上而循有一定規則者，則謂之會議。」內政部訂定的《會議規範》第一條：「三人以上，循一定之規則，集思廣益，研究事理，尋求多數意見，達成決議，解決問題，以收群策群力之效者，謂之會議。」

今日，凡機關團體，執行業務過程中，為執行工作、訂立政策、交辦任務等問題，常藉由召開各式各樣的會議，以研擬討論議題，進而透過會議而解決問題。因此，有會議召開，就必須有會議文書。

二、會議文書的執行程序

「會議文書」的項目，視案件本身情況，略有差異。須具備基本項目如下：

㈠ 開會通知：內容須包括開會事由、日期、地點、出席人員、議題及有關資料。以上是通知參加者本次會議的相關訊息，由開會主席或執行秘書以紙本或E-mail方式發出「個別通知」；視情況也有採用「公告通知」。這是在正式開會之前，必須執行的程序。（開會通知格式，如範例㈠之1、之2）（開會通知單用紙格式參考附件一「《行政院秘書處文書處理手冊》」）

㈡ 會議程序：簡稱「議程」，主要說明此次會議討論議題與會議程序，俾利出席人員事先作好開會準備。

㈢ 會議議題擬訂：簡稱「議案」，針對要解決的事項，書面提出會議議

題，以供出席成員討論。內容包括議案標題、說明事項、提出具體解決辦法或建議、提案人等。

(四)會議紀錄：以書面記錄會議全部過程及內容。寫成會議紀錄的目的，除留有開會紀錄外，也是落實案件職責，可檢視執行的成效，或是提供相關人士閱覽的資訊。記錄時，必須掌握「簡、淺、明、確」的原則。

(五)簽核、公告：執行祕書於會議結束後，須掌握時效，在一、二天內整理好會議紀錄，並由主席確認，或是出席人員過目，再作核決簽名的程序。

(六)其他：正式開會時，必須準備簽到簿、錄音筆、相關參考附件、選票等。

三、會議文書範例

㈠ 開會通知⑴　　　　　（學校）

明道大學學務處　開會通知

地址：52345彰化縣埤頭鄉文化路369號
傳真：(04)887-6666
電話：(04)887-6667分機7777
聯絡人：謝欣怡

受文者：中國文學學系○○○主任
發文日期：中華民國102年7月30日
發文字號：（102）學字第123號
速別：
密等及解密條件：
附件：會議議程及相關資料乙份

開會事由：安排弱勢身心障礙生輔導乙事
開會日期：中華民國102年8月10日（星期五）上午9時整
開會地點：伯苓大樓四樓會議室
主 持 人：○○○學務長
出席成員：各學系系主任
會議程序（包含文件）：參考附件資料

正本：本校各學系單位
副本：學務處身心輔導中心
備註：
　一、開會之前，請先參考附件資料討論議題。
　二、開會之前，請先了解貴單位身心障礙生課業學習、生活起居狀況，若需提案討論，請提
　　　早通知本單位。

明道大學學務處（單位條戳）

作法說明：
1. 開會通知的抬頭名稱，必須書寫單位全銜，如「明道大學學務處」。
2. 開會通知的受文者，必須書寫開會單位（機關）全銜與開會者全名、職
　稱，例如範例的「中國文學學系○○○主任」。

㈡ 開會通知⑵（政府機關）

高雄市政府　開會通知單

10651
臺北市大安區信義路3段41-3號9-12樓

受文者：經濟部水利署

發文日期：中華民國102年8月10日
發文字號：府水管字第123456號
速別：普通件
密等及解密條件：普通
附件：
開會事由：召開「高雄市三民區排水系統治理規劃」說明會
開會時間：中華民國102年8月30日（星期五）上午9時整
開會地點：高雄市三民區公所九樓大禮堂（地址：80742高雄市三民區哈
　　　　　爾濱街215號）

主持人：周處長○○

聯絡人及電話：沈○○(07)336-8000分機1000

出席者：鼎金里里長、鼎盛里里長、鼎強里里長、鼎力里里長、鼎西里里長
　　　　鼎中里里長、鼎泰里里長、本館里里長、本和里里長、本文里里長
　　　　本武里里長、本元里里長、本安里里長、本上里里長、本揚里里長
　　　　寶獅里里長、寶德里里長、寶泰里里長、寶興里里長、寶中里里長
　　　　寶華里里長、寶國里里長、寶民里里長、寶慶里里長、寶業里里長
　　　　寶盛里里長、寶安里里長、寶龍里里長、寶珠里里長、寶玉里里長
　　　　灣子里里長、灣愛里里長、灣中里里長、灣華里里長、灣勝里里長
　　　　灣利里里長、灣復里里長、正興里里長、正順里里長、灣興里里長
　　　　灣成里里長、安康里里長、安寧里里長、安吉里里長、安發里里長
　　　　安東里里長、安和里里長、達德里里長、達明里里長、達仁里里長
　　　　達勇里里長、同德里里長、德智里里長、德仁里里長、安生里里長
　　　　德東里里長、德行里里長、精華里里長、民享里里長、安宜里里長
　　　　安泰里里長、安邦里里長、十全里里長、十美里里長、德北里里長
　　　　立誠里里長、立業里里長、港東里里長、港新里里長、港西里里長
　　　　港北里里長、博愛里里長、博惠里里長、長明里里長、建東里里長
　　　　興德里里長、鳳南里里長、鳳北里里長、德西里里長、豐裕里里長
　　　　川東里里長、裕民里里長、力行里里長、千歲里里長、立德里里長
　　　　千北里里長、千秋里里長

高雄市政府（單位條戳）

作法說明：

1. 開會通知的抬頭名稱，必須書寫開會單位（機關）全銜，不可以簡稱，例如範例的「高雄市政府」。

2. 開會通知的受文者，必須書寫開會單位（機關）全銜，例如範例的「經濟部水利署」。

3. 開會通知的出席者，涵蓋面必須周全，例如範例的三民區全部的里長。

㈢ 會議紀錄⑴（學校）

檔　　號：
保存年限：

明道大學人文學院
100學年度第一學期第6次院課程委員會議紀錄

時　　間：101年1月5日（星期四）下午5時10分
地　　點：開悟102教室

出席人員：共計14人，詳見簽名單。
列席人員：各系所學生
請　　假：無
主　　席：王○○院長　　　　　　　　　　記錄：○○○院助理

壹、報告事項
　一、主席致辭。（略）
　二、宣讀上次會議紀錄。（經大會確認無誤）
　三、報告上次會議決議案執行情形。（略）
貳、討論事項
議題一：討論「『明道大學人文學院學生修讀院選修課程辦法』修改第
　　　　五條內文」案。
提案人：人文學院王○○院長
說　　明：請　院秘書○○○老師說明：為避免本院大學部中、英、日三
　　　　　學系三、四年級學生，因修習不完院選修課程12學分，而影響
　　　　　畢業，故提出修正第五條內文，「明道大學人文學院學生修讀
　　　　　院選修課程辦法」請參考附件一；100學年度第2學期選課情
　　　　　形，請參考附件二。
決　　議：照案通過，並提送教務會議審議。

議題二：討論「國學研究所『課程大綱』檢視作業」案。

提案人：國學研究所羅○○所長

說　明：

1. 參考附件三，請討論。
2. 需檢討改進說明，有無具體建議？

決　議：

1. 未完成填寫授課大綱的老師，請於1月20日前完成。同時，請所助理協助連絡通知。
2. 「課程大綱」部分，請充實每週上課內容。同時，本院提供「文學與人生」課程大綱，各位老師在撰寫時可以參考，如附件六。並於1月20日前完成修改。

肆、散會（18：00）

紀錄	單位主管	會簽	陳核
		人文學院、教務處	

文書編號：096ES00048

作法說明：開會決議紀錄的抬頭名稱，必須書寫紀錄單位全銜與次數，不可以省略，例如範例的「明道大學人文學院100學年度第一學期第6次院課程委員會議紀錄」。

(四) 會議紀錄(2)（政府機關）

內政部都市計畫委員會第888次會議紀錄

一、時　　間：中華民國100年6月30日（星期五）上午9時整

二、地　　點：本部營建署602會議室

三、主　　席：江主任委員○○　　　　　　　　　　記錄：林○○

四、出席人員：（詳會議簽到簿）

五、列席人員：（詳會議簽到簿）

六、確認本會第887次會議紀錄

決議：確定

壹、報告事項

貳、討論事項

一、宜蘭縣政府函為「變更宜蘭市都市計畫」案。

說　明：

　　1. 本案業經宜蘭市都市計劃委員會100年3月10日第168次會議審議通過，並准宜蘭縣政府以100年3月30日府建城字第1000330168號函送計畫書、圖等資料報請審議。

　　2. 法令依據：都市計劃法第27條第1項第2款第1項。

　　3. 變更計畫圖：詳計畫圖示。

　　4. 變更理由及內容：詳計畫書。

　　5. 公民團體所提意見：無。

決　議：本案除下列兩點外，其餘准照宜蘭縣政府核議意見通過，並退請該府依照修正計畫書、圖後，報由內政部逕予核定，免再提會討論。

　　1. 請縣政府補充本計畫區及關聯區域之河川及區域排水系統示意圖納入計畫書敘明。

　　2. 計畫書之部分圖說（如第11頁）模糊不清，請補正，以資明確。

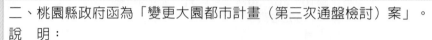

二、桃園縣政府函為「變更大園都市計畫（第三次通盤檢討）案」。

說　　明：

1. 本案業經桃園縣都市計劃委員會97年5月5日第12屆第22次會及97年8月5日第12屆第23次會審議通過，並准桃園縣政府以97年9月15日府城規字第0970915123號函送計畫書、圖等資料報請審議。

2. 法令依據：都市計畫法第26條。

3. 變更計畫圖：詳計畫圖示。

4. 變更理由及內容：詳計畫書。

5. 公民團體所提意見：詳公民或團體陳情意見綜理表。

決　　議：照案通過。

參、散會（12：00）

作法說明：

1. 開會決議紀錄的抬頭名稱，必須書寫記錄單位全銜與次數，不可以省略，例如範例的「內政部都市計畫委員會第888次會議紀錄」。

2. 決議紀錄，必須明確。

(五) 會議紀錄⑶（商業機構）

台北市室內設計裝修商業同業公會
空氣品質委員會第一次會議紀錄

會議名稱：室內環境空氣品質的任務及運作
時間：102年7月11日（星期四）下午3時至5時
地點：本會會議室（台北市復興南路二段286號8樓）
出席：陳○○　游○○　戴○○　邱○○　林○○　沈○○
請假：林　○
主席：陳○○主委
列席：蔣○○理事長　　　　　　　　　　　　　記錄：陳○○

討論議題：
1. 本委員會的成立任務及編組。
2. 有關本業與室內環境空氣品質的關聯性及注意事項。
3. 如何因應室內空氣品質管理辦法之實施及改善管理討論。
4. 如何協助本會會員對室內空氣品質管理辦法的認識。
5. 自由發言及意見交流。

決議：
1. 由陳主委與游副主委負責與友會密切配合連繫。
2. 成立學術組，負責相關教育訓練、講座、政令宣導；人員配置依個案編排。
3. 請委員於8月底前（平日班或假日班）自行報名，參加空氣品質維護管理專責人員之三日課程及訓練，建立人員儲備及基礎課程的了解，憑報名收據，由公會補助2000元費用。
4. 本委員會每月第二個星期-星期四下午4時至6時召開會議，下次會議8月8日，會議以過半人數即行開會。
5. 進行了解檢測方法與機構相關問題。

資料來源、作法說明：

1. 資料來源：台北市室內設計裝修商業同業公會
2. 作法說明：
   (1) 開會決議紀錄的抬頭名稱，必須書寫記錄單位全銜與開會名稱、次數，不可以省略，例如範例的第一行「台北市室內設計裝修商業同業公會」與第二行「空氣品質委員會第一次會議紀錄」。
   (2) 決議紀錄，必須明確。

㈥ 開會簽到表的格式（一般性）

中遊保險金信託第8次會議簽到表

會議日期：中華民國100年10月30日（星期五）上午9時整
會議地點：中遊保險金信大樓四樓會議室

主席蕭○○	（主席簽名處）
出席人員黃○○	（出席人員簽名處）
出席人員林○○	（出席人員簽名處）
出席人員郭○○	（出席人員簽名處）
出席人員陳○○	（出席人員簽名處）
列席人員陳○○	（列席人員簽名處）
列席人員王○○	（列席人員簽名處）
列席人員孔○○	（列席人員簽名處）
紀錄人員林○○	（紀錄人員簽名處）

作法說明：

1. 開會簽到表的抬頭名稱，必須書寫紀錄單位全銜與時間、地點，不可以省略。

2. 開會人員的身分，必須明確。

附件　《行政院秘書處文書處理手冊》開會通知單用紙格式

檔　號：
保存年限：

↕ 2.5公分

（機關全銜）開會通知單

（郵遞區號）
（地址）
受文者：

發文日期：
發文字號：
速別：
密等及解密條件或保密期限：
附件：

開會事由：
開會時間：
開會地點：
主持人：
聯絡人及電話：

出席者：
列席者：
副本：
備註：
（蓋條戳）

1.5公分　1公分

2.5公分

說明：
一、本格式以A4 70～80 GSM(g/m2)以上米色（白色）模造紙或再生紙製作。
二、依據公文程式條例，如以電子交換方式行之，得不蓋用印信。

▲ 2.5公分
▼

四、習作

(一) 請擬一份臺中市中區扶輪社討論「捐贈救護車」的開會通知。

(二) 百貨公司董事會，開會討論週年慶慶祝方案，請將開會結果做成會議紀錄。

　　　　　　　　　　　　　　　　　　　　──（薛雅文教授撰述）

企畫書 六

一、前言

在現代社會中，具有獨特創意以及細密思考能力是邁向成功的關鍵。所以具備好的企劃基礎與能力是相當重要的。由於企劃人才必須將其觀念、構思以及計劃想法，透過文字以書面表達出來，因此企畫書是傳達自我能力的最佳形式。

在校園中從班級旅遊的規劃，乃至社團的大型成果展的舉辦，都必須有細密的計畫，以及事前的彩排預演，方能順利完成。踏入職場之後，在工作單位籌劃各項推廣以及單位的發展計畫，或者是向機關團體、企業單位競標工程，乃至於個人的種種生涯規劃，都必須提出企畫案，以便爭取相關經費的補助，並尋求相關支援，讓活動逐步完成。因此「企畫書」的撰寫成為現代人必須具備的能力。

二、「企畫書」的定義

企畫書是事先進行規劃並製定實施方針與步驟的文書，包含政策的推行、研究的開展以及公司的成立、業務的推動，甚至個人的生涯規劃，類似學習地圖一般，對未來的活動安排以及進程，都可以有秩序的進行。

廣義的「企畫文書」有兩重意義：

第一是「計畫書」。與「說明書」相似，就是在已確定的基礎去規劃，擬定一些具體可行的方案，亦即執行團隊根據概括的綱要，作細部的潤飾。

第二是「企畫書」。相當於「申請書」或「提議書」，強調的是創意以及說服力，而提案詳密周延與否，都要能面對企業客戶或是合作單位，

才能眞正的落實。

三、企畫書的格式

　　企畫書的內容隨著所針對的事宜會呈現多樣化的形貌，雖然企劃案的風貌不同，但是一些基本的項目必須呈現，以形成企劃案的整體。

㈠ 標題名稱

　　在企畫書的首頁必須清楚的註明「企劃案名稱」、「單位職稱」、「撰寫者」、「時間」，亦可視需要作一些封面設計，以清楚美觀爲原則。

㈡ 目錄

　　如果企畫書的內容項目很多，可附上目錄以及頁次，方便檢視。

㈢ 宗旨

　　說明企劃案的構想來源、預期的成效以及創意表現。尤其需強調企劃的優點、特色。

㈣ 內容

　　具體說明企劃的執行方式，包括實施的時間、地點、步驟流程以及進度，可以圖表輔助說明，如架構圖、流程圖以及示意圖等。

㈤ 執行單位以及合作單位

　　明確標出企劃主持人以及工作團隊、合作單位，並將團隊的姓名、學經歷、職稱、重要成就、任務分組等列出，整體呈現團隊的執行能力。

(六) 活動費用

　　掌握企劃可能執行經費的上下限，予以妥善規劃，經費的項目包括設備費、人事費、宣傳費、資料蒐集費、雜支費以及行政管理費等。

(七) 成效評估

　　針對整體企劃的評估，呈現其可行性以及發展性。

四、企畫書的寫作方法

(一) 撰寫者必須要掌握相關規定，並參考通過的案例，在製作企畫書之前必須要多加搜集資料，作好萬全準備，如此較易獲得賞識。

(二) 針對企劃內容，蒐集相關資料及最新資訊，同時主題的設定要能符合實際的需求，且以通達簡練、有條有理、層次分明的文字呈現，以利於報告時回應各項疑慮。

(三) 企劃撰寫必須條理分明，可結合文字、圖像以及表格或多媒體，以多元的方式呈現企劃內容，期能展現創意，如果能夠呈現獨特的風格與創意更佳，有創意且具有自信的企劃文書始能圓滿的執行。

五、範例

範例一　研習會辦法

員林崇實高工辦理「高職國文教學研習會」辦法

壹、宗旨

一、促進區域合作，提供高中職教師多元進修機會，充實專業知能，發揮專業精神，以增進教學成效，共同邁向教學卓越。

二、分享國文教學之經驗與心得，增進教師國文教學技巧，協助學生提升語文能力。

三、因應國中基測寫作，成績在三級分以下，升入高中後，學校必須實施補救教學。

貳、指導單位：教育部

參、主辦單位：國立崇實高工

肆、承辦單位：明道大學中國文學學系

伍、研習日期

民國100年0月00日（五）及0月0日（六）

陸、參加對象及人數

以台中縣、台中市、彰化縣、南投縣各高中職國文科召集人及國文教師為對象，各校視教師人數，推派一至三人報名參加。

柒、授課師資

由承辦單位聘請深具國文教學理論與實務經驗的專家學者進行理論探究、教學實務分享與專業知能訓練。

捌、研習方式

以教學理論、教學實例講解及教學實作為主，學員參與實作與經驗分

享爲輔。

玖、研習地點：明道大學

拾、研習課表：如附件

拾壹、報名日期：民國100年00月00日前

拾貳、費用：全部免費（含接駁車及午餐）

拾參、研習證明：參加研習人員全程參與活動者，核發研習證書。

拾肆、經費來源：

◎附件：研習課表

第一天

主題：高職「作文」教學

日期	時　間	研習內容	主持人／講師	地點
4/30 （五）	09:10～09:30	報　　到		
	09:30～10:00	開　幕　式	崇實高工林校長	明道大學 梅40A國際會議廳
	10:00～12:00	作文創意演練	石德華老師	明道大學 梅40A國際會議廳
	12:00～13:20	午餐及午休		二鮮居
	13:30～15:20	創意思考與 寫作的天空	蕭蕭教授	明道大學 梅40A國際會議廳
	15:20～15:40	茶敘時間		

日期	時　　間	研習內容	主持人／講師	地點
	15:40～16:30	漫遊文學步道	導覽　蕭蕭教授 盧韻竹主任	

第二天

高職「語文」教學

日期	時　　間	研習內容	主持人／講師	地點
5/1 （六）	08:40～10:20	多媒體與文學的交響詩	羅文玲教授	明道大學 梅40A國際會議廳
	10:20～10:30	出發至吳晟書房		
	10:30～11:50	文學與大地的對話——溪州吳晟書房	詩人吳晟	溪州吳晟書房
	12:00～13:20	午　餐		二鮮居
	13:30～15:20	文章急診室——作文批閱方法	陳憲仁教授	明道大學 梅40A國際會議廳
	15:20～15:40	茶敘時間		
	15:40～16:10	綜合座談	崇實高工林校長	明道大學 梅40A國際會議廳
	16:10～16:20	閉　幕　式	崇實高工林校長	

範例二

「桃園縣客家文化館鍾肇政文學研習營」委託規劃執行案
計畫書

公司名稱：黃秋芳創作坊

日期：97年12月8日

目錄

壹、活動名稱：鍾肇政青春顯影

貳、活動宗旨

　　青春，是一種充滿理想追尋的純粹而鮮活的力量。鍾肇政從年輕到晚年的創作與社會參與，始終堅持著青春的理想，成為一種生命典型的示範。尤其，當現代生活在標榜豐富、多元的消費文化刺激下，看起來物質選擇變多，其實，精神生活日漸格式化，青春的理想追尋跟著式微，兒童

在大環境侷限下，內有文化內涵低落瓦解的危機，外遭華文簡體化的挑戰與競爭，從生活延伸到語言、文字，益形窘蹙，讓人憂心。

本計畫以文學家鍾肇政作為兒童教育素材，彰顯青春的理想色彩，兼顧故事性與趣味性，強化生活經驗，種植文化內涵，以兒童文學的深耕，孵化民族精神的起點。為了確實掌握活動重點，說明擇定鍾肇政做活動主軸的理由如下：

1. 在個人境遇上，鍾肇政經歷生病、衝突、傷殘、戰爭、離亂、逃避、奮鬥、抗爭、文學、文化、政治……種種極端情境，處境變化極多，提供討論的議題豐富而多元。

2. 在文化模式上，鍾肇政經歷客語、閩南語、華語、日語、日文、中文的各種衝突、融合、適應，藏著生命的危機、轉折，和一種面對問題、解決問題的勇氣。

3. 在時代背景上，鍾肇政經歷農業社會在經濟變遷上的撞擊；同時也承受從日治時期到國民政府的諸多轉型磨難，剛好成為一種理解台灣社會的「微縮模型」。

參、效益評估：

一、以文字和圖象做媒材，強調「生活，才是文學的起點」，重視自由、想像、創意和歡愉，加強充滿生活記憶的深沈語文訓練。

二、從學生文學營和教師讀書會的雙向推動，透過教育體系，鼓勵創作，促成認識文學家鍾肇政、認識龍潭鄉、認識桃園縣，確立「文學原鄉」成形。

三、廣邀全國不同專業領地的創作者，串集「鍾肇政」、「桃園」、「文化」議題，命題競寫、結集，在「桃園客家文化館」的座標點上，推向全國，浮出台灣文學地表。

四、結合人物傳記、地方意識和個人生活經驗，確立一種「此時此地」的生命真實感，以及土地與家國的依存感。

五、年年更新活動面向，建構集體記憶，建立一種參與文學、完成歷史的「在場」參與感。

肆、製作團隊簡歷與工作實績

一、團隊簡歷：

　　1. 黃秋芳：台大中文系、台東大學兒童文學碩士。

　　　　⑴ 77年，發表〈濁流裡的台灣人──鍾肇政為歷史作證〉1988年9月號《明道文藝》，收錄於人物專訪結集《風景》，希代出版社，1989

　　　　⑵ 82年，出版族群討論合集《台灣客家生活紀事》，由鍾肇政撰寫推薦序〈比客家妹仔還要客家的福佬妹仔〉。

　　　　⑶ 82年，發表〈解讀鍾肇政的《怒濤》〉，《台灣文藝》138期，頁50-71。

　　　　⑷ 83年，發表以鍾肇政雛形的大師顯影諷諭小說〈二樓〉，《中國時報‧人間副刊》。

　　　　⑸ 84年，發表〈永遠的青少年顯影──專訪鍾肇政〉，《文訊月刊》120期，66-69。

　　　　⑹ 90年，文建會委辦，撰寫國家文藝獎得主傳記《鍾肇政的台灣塑像》，由時報文化公司出版。

　　　　⑺ 92年，發表會議論文〈鍾肇政在民間故事改寫中構築生命版

圖〉，清華大學「鍾肇政文學國際學術會議」。

⑻97年，編撰鍾肇政人生故事，做為作文教學教材，共五篇，收錄於《作文魔法師》，頁154-183。

⑼曾獲教育部文藝獎小說組首獎、吳濁流文學獎小說獎、中興文藝獎章小說獎、法律文學獎小說創作特別獎。歷任教育部文藝獎評審總召集人；新聞局中、小學優良讀物評審；文建會台灣文學獎、國語日報牧笛獎、各大專院校及各縣市文化局文學獎評審；出版多種小說、散文、報導、兒童文學……等。

2. 林羽豔：真理大學企管系；創作坊主任。曾獲「蘭陽文學獎」童話創作全國第二名。

3. 梁書瑋：崑山大學會計系，輔修兒童文學與幼兒教育；幼教保育員。著有低幼圖文引導思索專書《繪本有意思——親子共讀法寶》。

4. 夏淑儀：元智大學中語系。97年暑假執行「《作文魔法師》——鍾肇政人生故事」作文教學教案。

5. 陳依雯：東吳中文系、中山大學中文碩士；著有《作文得分王——應考作文法寶》、文學論述《新感覺派小說的頹廢意識研究》。97年暑假執行「《作文魔法師》——鍾肇政人生故事」作文教學教案。

6. 黃淑君：淡江中文系、佛光大學中文碩士；著有文學論述《鐵凝女性意識小說研究》。

二、工作實績：

1. 1990年，台灣文學之父——「賴和」文學之旅。

2. 1991年，單身貴族讀書會、成長團體、創意媽媽研習營、廣東話教室、張阿杉客家教唱歌謠研習。

3. 1992-1993年「文字人間」讀書會，台灣歷史、民俗、歲時研習，桃園文史、古蹟研習；1994年，研習成員作品結集爲地方文學報導《我們的桃園》，召開作者群說明會暨十三鄉鎮參觀活動，免費推廣《我們的桃園》；1995年，桃園縣文化中心刊印再刷本。

4. 1995年父親節，中央大學親子動手作風箏千人一起放風箏；策劃刊印漫畫桃園縣地圖拼圖。

5. 1996年，因爲長期舉辦免費講座、讀書會、主題贈書、支持社區讀書會、成立「文字人間」桃園地方風土人情調查小組，獲頒桃園縣好人好事代表。

6. 1996年，桃園縣文化中心委辦策劃刊印讀書會人才培訓手冊《我們的花園》；執行「社區領導人才培訓」，分別在中壢、蘆竹兩地同時進行。

7. 1997年，桃園縣文化中心委辦在石門勞工活動中心三天兩夜「桃園文化營」，串連桃園縣人文、地景，成就文學原鄉，種植一塊夢的花圃。

8. 1998年，桃園縣社會局委辦婦女成長教育，策劃執行桃園縣「婦女學苑」。

9. 1998年，台灣省政府新聞處委辦「誰都需要一個快樂媽媽」婦女成長單天研習營隊，前後四梯次，每梯次150人，共600人次參與；策劃、編印《家庭心情簿》、《快樂媽媽文化手冊》，以一種近似農民曆的功能，分送各家庭，營造生活文化推動書香活動。

10. 1999年，策劃執行桃園文化中心「跨世紀兒童閱讀指導計畫」，編撰《親愛的孩子，我們把閱讀變快樂了》研習手冊。

11. 2000年，執行慈林基金會「中壢善下讀書會」。

伍、活動方式：

一、活動地點：桃園縣

二、活動進程：

　　1. 確立共識：邀約全國不同書寫場域作家，以鍾肇政做素材，進行「故事體」多面寫作的各種文學嘗試。

　　2. 深入研習：分別從「成人讀書會」和「兒童文化營」雙向深耕，確立整體認識的框架。

　　3. 創作整理：用「心」創作、用「腦」修改，讓書寫成為深層建構文學地圖的力量。

　　4. 延伸推廣：作家聯展、讀書會省思、兒童文化營、教學教材討論與檢視。

三、時間進程與活動內容：

　　1. 第一梯次活動：2008年12月-2009年2月「鍾肇政顯影」作家聯展

　　　　(1) 體例說明：以「鍾肇政」做創作主題的「極短篇故事體」文學大競寫，兼顧趣味性與文學性，提高閱讀興趣，豐富主題作家的全面了解。

　　　　(2) 預定邀約作家：資深作家三位，積累厚實的力量；女性作家三位，經營溫柔的美感；跨界武俠、童話、論述、原住民四位，映襯陌生的魅力。

⑶預定進度：

　☆ 12月底以前：作家聯展邀稿確定

　☆ 2009年2月底：「鍾肇政作家聯展」稿件整理

　☆ 2009年3月底：稿件定稿

2. 第二梯次活動：2008年12月28日（週日）「青春顯影」成人讀書會

　⑴活動地點：黃秋芳創作坊

　⑵活動內容：

時間	主　題	主講	主持人
10：00-11：10	專題演講：有趣又有意思的鍾肇政	黃秋芳	
11：20-12：00	座談與討論	參與學員	黃○○
13：30-15：00	教學教案發表與分享	參與學員	黃○○

3. 第三梯次活動：2009年3月29日（週日）「鍾肇政兒童文學營」文化營隊

　⑴活動分組：純真組（小學3-4年級）；青春組（小學5年級-國中）

　⑵活動地點：桃園縣客家文化館

　⑶活動內容：

時　間	主　題	負責人	協助執行
9：00-9：30	集合，整隊，上車	林○○	張○○
9：30-10：30	在車程中建立共識完成報到	林○○	報到6人押車4人
10：30-12：00	專題演講：有趣又有意思的鍾肇政	純真組：梁○○青春組：黃○○	各小隊領隊8人
12：00-13：00	文學午宴，交換意見	林○○	小隊輔導員16人
13：00-14：45	鍾肇政文學電影導讀	陳○○	黃○○
15：00-16：00	鍾肇政創作分享	純真組：夏○○青春組：許○○	各小隊領隊8人
16：00-17：00	歸程；心得整理		

4. 第四梯次活動：2009年4月-5月中旬，《鍾肇政青春顯影》作家聯展、心得書寫與教學記錄的結集與推廣。

陸、參加對象：

一、國小三年級到國中學生。

二、結合文學、傳記與在地意識，願意參與集體文化建構的家長與教師。

三、想要認識鍾肇政、認識龍潭鄉、認識桃園縣、認識台灣文學的每一個人。

柒、宣傳、報名與活動人次：

一、宣傳：

1. 活動DM 4000份。除了寄發全縣中小學；提供各中小學、文化團體集體分發；並且主動配置在全縣文化機構，提供自由索閱。

2. 大型海報100張。郵寄、提供人潮集中的文化機構張貼。

3. 有志於《鍾肇政青春顯影》結集推廣的任何個人、教師、社會團體……等。《鍾肇政青春顯影》結集內容包括：

   (1) 全國十位作家以小說、極短篇、童話等不同型式「故事體」多面呈現鍾肇政、客家與桃園風情。

   (2) 以鍾肇政人生故事做為教師教學研習的作文教學教案。

   (3) 成人讀書會研習心得。

   (4) 學生文學營心得競賽佳作。

   (5) 鍾肇政與桃園人文、地景、客家風情、客家文化館全面俯瞰。

4. 建構「鍾肇政青春顯影」永續新聞台：http://mypaper.pchome.com.tw/news/5877a

5. 電子平台：

   (1) 在「黃秋芳創作坊」網站（http://www.5877.com.tw/）首頁頭條公告「鍾肇政青春顯影」活動專區。

   (2) 在各大專院校、文化機構、社會團體、兒童文學學會公告活動消息。

   (3) 在「工作團隊」新聞台更新活動宣傳圖文：

   黃秋芳個人新聞台「巨蟹座的水國」：

http://mypaper.pchome.com.tw/news/hi5877/

林羽豔個人新聞台「小豔子的天空」：

http://mypaper.pchome.com.tw/news/sblp/

梁書瑋個人新聞台「45°的世界」：

http://mypaper.pchome.com.tw/news/edokwos/

夏淑儀個人新聞台「幸福國度」：

http://mypaper.pchome.com.tw/news/ken23178/

陳依雯個人新聞台「曙色羽翼」：

http://mypaper.pchome.com.tw/news/hilde0301/

黃淑君個人新聞台「深水動物園」：

http://mypaper.pchome.com.tw/news/forfun11033

二、報名：為了深入追蹤延續成效，全面預約報名。

三、活動人次：

　1.「鍾肇政顯影」作家聯展：約8人；「認識鍾肇政」成人讀書會：
　　20人。

　2.「鍾肇政兒童文學營」文化營隊：

　　⑴純眞組（小學三-四年級）：20人。

　　⑵青春組（小學五年級-國中）：40人。

捌、經費概算:

經費項目	項目金額	計算基準
行政人員事務費	30000	以專案進行方式承辦,包括活動進度控制邀稿、改稿、編輯校訂
作家撰稿費	1000×10 = 10000	
講師撰稿費	1200×10 = 12000	針對文化營活動深入檢視
講師鐘點費	3200×5 = 16000	
座談討論主持費	2000×2 = 4000	
協助執行助教費	1600×10 = 16000	
簡章、海報、橫幅文宣費	20000	含讀書會、兒童文學營、結集推廣 文宣CIS及活動記錄總計:227000
書包	250×200 = 50000	
A4資料夾	6×5000 = 30000	
結集印刷費	100×1000 = 100000	
活動營隊跟拍攝影費	20000	
《作文魔法師》贈書	140×50 = 7000	
活動營隊旅運費	8000×2 = 16000	
工作人員旅運費	4000	
保險費	50×100 = 5000	

經費項目	項目金額	計算基準
茶水費	30×150 ＝ 4500	含讀書會、兒童文學營兩梯次茶水
餐費	70×150 ＝ 10500	含讀書會、兒童文學營兩梯次便當
膳雜費	1200×10 ＝ 12000	工作人員開會、集訓餐費
郵電文具雜支費	28000	涵蓋長達半年的活動專案，包括影像記錄
總經費	395000	

※以上兩範例，為明道大學中文系及黃秋芳創作坊實際執行之企畫案，項目、內容十分具體，可供參考。

六、習作

㈠「社區讀書會」計畫到台南進行文化之旅，請擬一行程計畫書。

㈡請為知名廚師「阿基師」擬一在地食材美食品嚐會的企畫案。

㈢為讓有機觀念深植人心，請擬一份「有機婚禮」的企畫書。

—— （羅文玲教授撰述）

簡報

七

一、簡報的意義

　　現在的公司行號、機關團體、學校，為了要向外界介紹本身的組織、產品、或者業務報告時，常會以簡要的方式，對上級長官、來訪貴賓做一文書介紹，這就是簡報。故而製作一份主題清晰、內容明確的簡報，亦是職場上必備的重要技能之一。

二、簡報的類別

　　簡報由於應用日廣，依其應用性質的不同，大略可分為以下幾種：

㈠ 組織簡報：主要在於介紹機關團體、公司行號的組織結構。

㈡ 業務簡報：主要在於某項工作或者業務的簡介。

㈢ 計畫簡報：主要在於介紹某項企畫案或者工作計畫。

㈣ 主題簡報：主要以某一活動或主題為訴求的簡報。

㈤ 綜合簡報：主要是對於機關行號或學校做綜合性的簡介，其內容包含現行的組織、業務、設備、環境以及未來發展計畫等。

三、簡報的寫作要點

　　由於目前電腦設備有提供簡報製作的相關軟體，格式設計精美，便於製作簡報，因此，本節重點主要在教導如何寫出主題清晰與內容明確的簡報，格式方面則自行藉助電腦軟體的運用。

　　簡報主講人在製作簡報前，會預先擬定宣講內容，再依據內容整理出宣講重點。換言之，簡報便是宣講內容的重點精華呈現，因此，簡報內容之寫作必須注意以下幾點：

㈠ 內容明確與資料完整

做爲一位簡報的宣講人，其製作簡報的目的在於使聽受者能充分了解宣講者所要介紹與傳達的意念，因此，簡報內容必須明白確實，而資料具備的越加充分與完整，便越具有說服力。

㈡ 組織嚴謹與論述有序

宣講者在製作剪報時，必須要根據預先擬定的講稿，依照重點順序，依序介紹。例如：做機關單位的簡報時：可略以重點標題作爲綱要：如「成立簡史」、「特色」、「現況介紹」、「發展目標」等，不可毫無順序、前後倒置。若需要使用序號時，序號要標示清楚，例如、壹、一、㈠、1、(1)。

㈢ 撰述扼要與口語簡明

由於宣講簡報時，時常要能夠確切的掌握時間，才不至於宣講過於冗長，導致聽講者無法集中精神聽講，致而影響簡報效果，因此，在撰述簡報時，必須留意時間的掌控，宣講內容要能簡潔扼要，宣講時，盡量以口語演講，避免使用艱澀的語詞而降低聽講的效率。

㈣ 配合圖表與加強印象

由於簡報內容時常會報告統計數據，因此將數據圖表化，不但可以做量化的比較，更可以讓聽講者加深印象，達到快速吸收資訊的效果。

四、簡報的範例

簡報的種類實例衆多，茲以「主題簡報」與「業務簡報」爲例說明：

（一）主題簡報

　　所謂主題簡報，即是針對一項主題活動所做的簡報而言。在簡報中，呈現主題訴求、簡報重點事項，以及相關活動的訊息來曉喻大眾，希望大眾能掌握活動的重要資訊，達到承辦活動的目的。（請參考網路公開之簡報[1]）

（二）業務簡報

　　「業務簡報」的重點在於呈現所推廣的業務特色、重要訊息。以「招生業務簡報」為例，其內容包含：招生班別之特色、課程之內容、報名資格以及聯絡方式等相關訊息，例如：

明道大學海外青年技術班[2]

開辦科類：廚藝與餐飲技術訓練科，新娘秘書科，3C產品維修科
○為期2年。（70%專業訓練課程，30%理論課程）
○免學費，僅需雜費、實習材料費及住宿費。（兩年全部費用估計不超過RM25,000）
○公開給17-40歲華裔青年申請。

---

[1] 網路公開下載之主題簡報，如：美的覺醒_20100228-身體美學(五)-追求身心靈平衡 http://www.youtube.com/watch?v=1KnnnfUUR5Q，
閱讀共博・美麗邂逅http://www.youtube.com/watch?v=NLOQJs7spCQ，
2011/05/01嚴長壽與總裁有約《我所看見的未來》http://www.youtube.com/watch?v=Ax12SlxrEUc
[2] 明道大學「海外青年技術班」招生簡報

○申請資格：獨中高二、國中Form 5之在籍學生或離校生。
○報名日期：每年7月15日至8月31日
○開課時間：每年2月下旬
○詢問處：馬來西亞留台聯總TEL:03-78761221，馬來西亞明道大學辦
　　　　　事處TEL:06-9512728

1. 廚藝與餐飲服務技術訓練科
　(1) 特色
　　‧課程最豐富
　　　二年課程可學到：中餐、西餐、烘焙、法式料理、南洋料理、風
　　　味小吃、中式麵點、飲料調製等，符合「料理無國界」現代餐飲
　　　潮流。
　　‧師資最堅強
　　　廚藝技術老師全為專任老師，且都是五星級飯店資深主廚，國際
　　　獲獎無數，結合不同料理文化優勢，帶領同學開啟創意料理思
　　　維。
　　‧設備最齊全
　　　有中餐烹調、西餐烹調、烘焙教室，服務技術教室、示範教室，
　　　中、西餐及烘焙教室都是國家證照考場。
　(2) 課程內容

一般課程	饗食文化、生活與法律、網頁製作與行銷、體育、班會
專業學科	食品衛生與安全、食物學原理、食品營養學、餐廳管理、菜單規劃、餐飲成本控制、節慶活動規劃、餐飲日文、餐飲講座（含參訪）
專業實習	烘焙製作、點心製作、中餐烹調、西餐烹調、中式麵食製作、風味小吃料理、南洋料理、法式料理、餐飲服務技術、飲料製備（酒精性及非酒精性）、餐飲專業實習

2. 新娘秘書科

　(1) 特色

　　培育婚禮顧問專業人才為主要教學目標。

　　客製化服務已成為時尚產業一大主軸，新娘秘書是一個新興的行業，明道大學新娘秘書科的最大特色為：兼具「技術」與「藝術」，為每一個顧客量身訂做專屬服務。

　　以「工坊」為主軸的課程概念，架構出「整體造型」、「服裝」、「金工」、「織品」、「玻璃」五大工坊，提供美容保養、彩妝、髮型、配飾設計、指甲彩繪、時尚攝影、儀態美學、整體造型以及婚紗設計等課程，更增加了美容專業證照輔導課程，及婚紗公司實習機會，學成後可立即投入就業市場。

　(2) 課程內容

一般課程	台灣生活美學、生活與法律、體育、班會
專業學科	素描、色彩學、設計繪畫、時尚潮流分析
專業實習	基礎髮型、儀態美學、指甲彩繪、時尚攝影、婚紗設計、電腦輔助設計、美容丙級證照 造型設計（基礎）、整體造型創作、專業講座、專業實習、畢業製作 婚紗飾品設計（基礎／進階）、新娘髮型設計（基礎／進階）、彩妝設計（基礎／進階）

3. 3C產品維修科

　維修小手機。創業大奇蹟！電腦就業市場大，通訊市場更大！

　手機壞了換支新的就好？錯！往往在手機故障時才知道維修的重要性。市場上越來越多高單價手機及手機裡的重要資訊，都是手機維修

搶救的重要因素。隨著通訊產業發展越迅速，手機維修人才更顯嚴重缺乏，完成課程結束後可取得手機維修二級能力。

(1) 特色

　　1. 小班互動式教學：每一個同學能清楚看到老師的示範。

　　2. 系統化課程：讓沒有理工基礎的同學也能輕鬆跨入維修領域。

　　3. 多元化課程：課程內容著重於手機修護，輔以電腦基礎維修，與區域網路基礎架設實務。

　　4. 採用最新實習教材：手機功能日新月異，從灰階螢幕到彩色的LCD，從10萬相素到百萬照相藍芽技術、MP3、PDA個人應用，特聘業界實務操作資深工程師授課，確保所學為最新技術。

(2) 課程內容

一般課程	台灣傳統文化、生活與法律、體育、班會
專業學科	基礎電路應用、手機運作原理、電腦常識與應用、多媒體影音編輯、創業經營與管理、企業參訪與職場體驗
專業實習	基礎電路實作、手機拆裝技巧、手機彩繪包膜、創意貼鑽、現代家電基礎維修、手機吹焊技術、手機故障基礎檢修、電腦網路操作、手機檢修技術進修、網路維修、電腦組裝專業證照、電腦網路架設專業證照、專題實作

五、習作

(一) 試問製作簡報有何寫作要點必須注意？

(二) 試以某一活動專題設計簡報。（如：博覽會、專案企劃、成果發表、節日慶典、商品行銷等）

(三) 請製作一份安親課輔班的招生簡報。

—— （陳鍾琇教授撰述）

契約

八

一、契約的定義

「契」是「栔」的假借字，本義指「刻」，殷墟中所發現刻在龜甲獸骨上的文字即稱「契文」，「約」的本義是「纏束」，像繩約束之形，後來引申為預先說定共同遵守之事。因此，所謂的「契約」，便指二人以上或兩團體，將其同意、認可之事項，依據法律、條例或習慣，彼此商訂互相遵守的條件，而以文字記載作為憑據者。也可以稱為「契據」、「契券」、「契紙」、「合約」、「合同」、「字據」、「委託書」等等。

二、契約的種類

契約使用的範圍很廣，可分為兩大類別，民法債編加以規定的契約，如：買賣、租賃、互易、贈與、承攬、抵押、借貸、僱用、出版、委任……等，計有二十四種，稱之為典型契約；其他特別法上所訂的契約，如：保險法上的保險契約，海商法上的海上運送契約，亦屬典型契約；法律上未規定的契約，如：合會、存款、簽帳卡、融資性租賃、人事保證、合建、委建、廣告、旅店住宿、旅遊、醫療等等，稱為非典型契約。以下，以典型契約為主，介紹一般常用的幾種類別：

㈠ 買賣契約

當事人約定，一方把財產權讓給他方，由他方支付價金的契約，叫作買賣契約，買賣的標的物，包括動產及不動產，常用的有土地買賣契約、房屋買賣契約、車輛買賣契約等。這類契約一經訂立，標的物便和賣方永久脫離關係，所以一般稱之為「死契」、「絕契」、「杜絕契」。

㈡ 抵押契約

　　意即當事人一方，以動產或不動產為擔保，向他方作定期或不定期借款的契約，他方對抵押物不移轉佔有，但在債務人出賣其不動產時，有取其價金清償的權力的契約；在抵押期間，對所借得的款項，需照約定支付利息，至債務還清之後，才收回抵押物。抵押是為了擔保債務，而把自己的動產或其他權利，暫時交由債權人保管。

㈢ 租賃契約

　　即是當事人一方，以物租與他方使用、收益，由他方支付租金而訂立的契約。租賃之物，包括動產和不動產，前者如動物，後者如田地、房屋，通常以不動產為主。

㈣ 借貸契約

　　分為使用借貸和消費借貸兩種。前者是一方以物無償借貸與他方使用，用畢原物歸還，如：借貸汽車、電腦等是使用借貸，若因情況單純、交付方便，也可不訂契約，充其量借出人向出借人提出借據即可；後者是一方轉移金錢或其他代替物的所有權與他方，而他方以種類、數量、品質相同之物來償還，如：借貸金錢、食米之類的為消費借貸，其中關係往往較為複雜，所以較常訂立契約。

㈤ 僱傭契約

　　一方在一定或不一定的期間內為他方服勞務，他方給與報酬的契約，叫僱傭契約。不論勞心或勞力，只要是為他方服務而取得報酬的，同屬僱傭契約。如：商店僱用店員、學校聘請教師等。

㈥ 承攬契約

一方爲他方完成一定的工作，他方俟工作完成給付報酬的契約，叫承攬契約。如：承製學生制服、承包修建房屋等等。

㈦ 合夥契約

即當事人二人以上共同出資經營事業的契約，而所出資，不一定每人都用金錢，用其他物品如房屋、機器甚至勞力，也可以作爲股份。如：合夥經營旅社、合夥經營餐廳等等。

㈧ 保證契約

一方於他方債務人不能履行債務時，由其負責代爲清償的契約，稱之爲保證契約。保證和抵押都是作債務擔保的，不過抵押是用物擔保，保證則是以人爲擔保。保證又分「金錢保證」和「人事保證」兩種。前者保證債務人的信用，在債務人不履行債務時，保證人願負清償的責任；後者保證被保人的行爲符合規定，並願爲被保人一切違約行爲所造成的後果負責。

㈨ 繼承契約

通常是指爲繼承遺產或析產所訂的契約，亦包括立嗣契約在內。遺產的繼承，在被繼承人死亡之時即開始，而繼承人自繼承開始時，除民法另有規定者外，承受被繼承人財產上的一切權利義務。一般年老的父母，往往先爲子女分析產業，以免身後發生糾紛，故此契約，又稱爲析產契約。

㈩ 協議書

當事人之間在合意的情形下，議定條件，來完成某種法律行為的契約，稱協議書，如：離婚協議書、遺產分析協議書、別居協議書、入贅協議書、子女監護協議書等等。

其他還有：和解契約、委任契約、贈與契約、出版契約、撫養契約、同意書等等，以及其他不屬於上列各種契約，凡由當事人雙方合意而訂立之契約，而非法律所禁止者，均發生契約效能。

三、契約的構成要項

契約的構成要項，可以分為以下十二項：

㈠ 契約名稱

契約書的第一行，必要明確地寫出契約名稱，如：「土地買賣契約」、「房屋租賃契約」等等，使契約的規範精確，不至令人產生誤解。

㈡ 立契人姓名

立契約之雙方，在契約一開頭就要以戶籍登錄之名字具名，如為機關團體訂約，則要書寫單位全名，以免產生爭議。

㈢ 訂立契約原因

交代訂約的正當原因，以示未違反法律規定。

㈣ 當事人自願

訂定契約要雙方當事人皆出於自願，方具備法律效力，常以「經雙方同意」、「均係自願」、「經雙方議定」等語表示訂約均出於雙方自願。

(五) 標的物內容

　　所謂標的物，就是當事人同意要轉移或變更的財產或物品，如：買賣房屋的房屋、借貸金錢的金錢，均是標的物。至於詳細內容，必須在契約中詳細寫明，以免造成日後糾紛。若有以「人」為標的物的契約如：立嗣契約，則須將過繼人的姓名及其出生年月日時載明。

(六) 標的物價格

　　標的物的價格無論是動產或不動產，都要將當時議定的價格詳明記載，如不是一次付清，則要把已付、未付寫明。至於以金錢為標的物的契約，其金錢數額，更應詳細載明。

(七) 標的物權利的保證

　　即出售人應使買受者取得標的物的權利，保證不會有不能交付或爭執糾葛的情事。因此在契約中，應該有出賣人對於標的物權利保證的記載。

(八) 雙方應守的約束

　　契約的特質之一，是當事人「訂立條件、互相遵守」，這些必須遵守的條件，就是對於當事人的約束，在契約中應有所記載，且越詳細越好，使權利和義務劃分清楚，以免日後糾紛。

(九) 約定期限

　　出典、抵押、租賃、借貸、承攬、合夥等契約，都有一定的期限，關乎當事人的義務權利，在約定期限之內，當事人彼此都有權利和義務，所以在契約中必須寫明。

㈩ 當事人簽名蓋章

　　為了表示對契約內容負責，在寫完所有議定條文之後，雙方當事人均應簽名蓋章。假如當事人為機關、團體、學校或公司行號，則除了蓋機關等圖記外，其負責人亦應簽名蓋章。通常寫在契約末尾年月日之前，甚至於寫明身分證號碼和住址以示負責。

㈠ 見證人、保證人或關係人簽名蓋章

　　在契約中常有「三面言明」、「三面議定」的語句，三面即指雙方當事人和見證人，見證人即中人、證人、中證人或介紹人，而關係人係指代書、族長、里長等人。見證人係見證契約的真實性，保證人負有保證履行契約的責任，而關係人與簽訂的事發生關係，都要在契約上蓋章簽名。

㈢ 訂約日期

　　訂約日期，關係契約中法律上權利義務的起訖，必須以國曆年月日載明，為防圖改，最好使用大寫。

四、契約的寫作方法

　　坊間雖有部分現成的常見契約可供使用，但因人、事、物、地之不同，難免無法完全適用，因此仍有需要自己撰寫的時候，因此有幾項要點是撰寫契約時必須注意的事項：

㈠ 用紙

　　契約往往需要長期保存，有些並且需要經常翻閱，若使用的紙張質地不佳，產生破損、撕裂、發黃、字跡模糊等現象，可能會影響法律上的效果。因此，選擇契約用紙時，應以堅韌耐用、不易脆損、塗改、變造的紙張為主。

㈡ 格式

在敘述方面，需求條理清晰，最好分條記載。如果內容複雜，又應分項，每項冠上數字。目前通行的契約格式，大都具備四大項內容，其順序為：契約名稱、緣由和事實、保證和約束、署名及日期。

㈢ 文字

契約既是具有法律效力的文件，當以合法、實用為撰寫目的，故文詞不求詞藻美麗，而以簡潔、明白、確切、周詳為原則。

㈣ 標點

契約一定要加上新式標點符號，以免在句讀上發生問題，引起糾紛。

㈤ 繕寫

契約以打字最佳，如用手寫，字體必求工整，筆劃清晰，如遇數目字，最好一律大寫。如須塗改、添注或刪字，必須在增刪文字上面蓋章，並在該行上端空白處或在正文之後註明，並由執筆人簽章。

㈥ 騎縫章

契約在二頁以上時，裝訂後在騎縫處要蓋上雙方當事人的印章以防抽換。

㈦ 貼稅

法律規定契約上應貼印花或繳納契稅，若是撰寫人不知或忽略提醒當

事人照章辦理，即使再完美的契約，在法律上仍屬無效。

㈧ 公證

所謂公證，是指由地方法院所設立公證處的公證人，依據人民的請求，就所發生的法律行為或關於私權的事實作證明的法律制度。公證的目的在於：公證具有強大的證據力，使法院永久有案可查，可避免日後訟累，且經公證的契約最屬完全，公證書具有執行力。

五、契約範例

㈠ 法院版本之房屋租賃契約書

房屋租賃契約

　　　　　　出　租　人：李大仁（以下簡稱甲方）
立契約書人　承　租　人：程又青（以下簡稱乙方）
　　　　　　連帶保證人：沈宜宜（以下簡稱丙方）

因房屋租賃事件，訂立本契約，雙方同意之條件如下：

第一條：房屋所在地及使用範圍：

第二條：租賃期限：自民國九十九年九月九日起至壹百年九月九日止，共計一年。

第三條：租金：

1. 每月租金新台幣五萬元整，每月一日以前繳納。

2. 保證金新台幣五萬元整，於租賃期滿交還房屋時無息返還。

第四條：使用租賃物之限制：

1. 本房屋係供住家之用。

2. 未經甲方同意，乙方不得將房屋全部或一部轉租、出借、頂讓，或以其他變相方法由他人使用房屋。

3. 乙方於租賃期滿應即將房屋遷讓交還，不得向甲方請求遷
移或任何費用。

4. 房屋不得供非法使用，或存放危險物品影響公共安全。

5. 房屋有改裝之必要，乙方取得甲方之同意後得自行裝設，但
不得損害原有建築，乙方於交還房屋時並應負責回復原狀。

第五條：危險負擔：乙方應以善良管理人之注意使用房屋，除因天災地變
等不可抗拒之情形外，因乙方之過失致房屋毀損，應負損害賠償
之責。房屋因自然之損壞有修繕必要時，由甲方負責修理。

第六條：違約處罰：

1. 乙方違反約定方法使用房屋，或拖欠租金達兩個月以上，
其租金約定於每期開始支付者，並應於遲延給付二個月
時，經甲方催告限期繳納仍不支付時，不待期限屆滿，甲
方得終止租約。

2. 乙方於終止租約或租賃期滿不交還房屋，自終止租約或租
賃期滿之翌日起，乙方應支付按房租壹倍計算之違約金。

第七條：其他特約事項：

1. 房屋之捐稅由甲方負擔；有關水電費、瓦斯費、大樓管理
費及營業必須繳納之捐稅，則由乙方自行負擔。

2. 乙方遷出時，如遺留傢具雜物不搬者，視為放棄，應由甲
方處理，費用由乙方負擔。

3. 雙方如覓有保證人，與被保證人負連帶保證責任。

4. 契約租賃期限未滿，一方擬終止本合約時，應得他方同

意，並應預先於終止前壹個月以書面通知他方，並應賠償他方相當於壹個月租金額之損害金。

5. 甲、乙雙方就本合約有關履約事項之通知、催告送達或為任何意思表示，均以本合約所載之地址為準，若有送達不到或退件者、悉以第一次郵寄日期為合法送達日期，雙方均無異議。

6. 乙方如將公司登記（或個人戶籍）遷入本租屋地址者，應於本租約屆滿時自動遷出，否則，甲方得向主管機關申報其為空戶。

7. 乙方應遵守本件租屋之住戶大樓管理規約及管理委員會之一切決議。

第八條：應受強制執行之事項：詳如公證書所載。

立契約書人

　　　　　出　　租　　人：李大仁
　　　　　身分證統一編號：L123456789
　　　　　地　　　　　址：子虛縣烏有村虛無鄉飄渺鎮空靈街一號

　　　　　承　　租　　人：程又青
　　　　　身分證統一編號：A987654321
　　　　　地　　　　　址：烏有縣子虛村縹緲鄉虛無鎮空靈街二號

　　　　　連 帶 保 證 人：沈宜宜
　　　　　身分證統一編號：A393952289
　　　　　地　　　　　址：宇宙縣地球村天地鄉洪荒鎮玄黃街三號

中　　華　　民　　國　九十九年　九月八日

(二) 婚禮服務委託書

　　（資料來源：感官覺醒工作室https://www.facebook.com/awakelove）

主旨：本合約範本提供結婚新人：　　　　　　　　　（以下簡稱甲方）與

　　　感官覺醒工作室（以下簡稱乙方）確認服務日期、服務時間、服務

　　　地點、服務項目、服務內容以及服務費用之憑證。

一、委託者新人姓名聯絡方式

　　(一) 新郎

　　　　姓名

　　　　地址

　　　　電話

　　　　E-mail：

　　(二) 新娘姓名

　　　　姓名

　　　　地址

　　　　電話

　　　　E-mail：

　　(三) 攝影後製作品寄送地址：

二、甲乙雙方約定事項：

　　乙方同意依照以下指定之日期、時間、地點及服務項目提供甲方服

　　務：

受委託單位： 　　感官覺醒	統一編號：		連絡電話：
服務日期：	新人選擇方案： 婚禮紀實6小時方案 婚禮企劃主持指定Iva Francis Jazz三人組		宴客型態： 男女合請晚宴會
攝影師：lee	婚禮規劃師： 　　Iva江○○		樂團團長：Francis蔡○○
宴會地點：台北○○酒店			
備註： 車馬費用實報實銷 可開立收據，若需開立發票需加收5%稅金。			

三、服務項目內容

	攝影後製成品內容： 1. 所有照片皆已Raw檔拍攝後進行後製調整，調整內容為水平、變形控制、白平衡、色溫、飽和度、銳利度等，交件作品為Jpeg檔。 2. 提供作品為高畫質大圖與800x600格式縮圖。 3. 所有風格化照片皆會保留原始色彩檔，不會覆蓋，以提供新人更多選擇。	服務時間：17:30-21:30 拍攝時段可依新人需求不同而有所調整，攝影超時費用每小時2000元
婚禮紀實6小時方案		

	4. 手工包膜光碟盒一式兩份。	
婚禮規劃主持	宴會進場活動設計 周邊廠商整合諮詢 協助建立專業流程表 與飯店溝通流程需求 婚禮前彩排 婚禮當天全程掌控婚宴之流程、時間、秩序、氣氛。	服務時間：17:30至送客
Francis Jazz 三人組	由琴手，薩克斯風，女主唱表演三人組演奏，並負責音響設備及樂器	

四、下訂與付款方式

總金額：NT 95000	
訂金：2/22支付NT 15000元	尾款NT 80000於婚宴當天以現金結
訂金匯款資訊如下 郵局代號：700 局號： 戶名：	

五、甲乙雙方遵守事項：

1. 本合約內容需經甲方付完訂金後方才為有效，一律簽訂合約保障新人權益。

2. 照片數量須視當天活動而定。照片作品版權歸「感官覺醒」，供「感官覺醒」網路分享作品使用，不作為其他商業用途。

3. 婚企服務於婚宴前兩個月啟動，婚企將主動與新人聯繫洽談籌備事宜。

4. 乙方因天然不可抗力之因素致使本合約無法履行者，乙方需於知悉無法提供服務時，立即通知甲方並說明其事由後得解除本合約，不需負擔損害賠償責任；但乙方應將甲方已支付之訂金退還甲方。

5. 除上述之因素外，乙方於服務日期前得通知甲方解除本合約。
   但乙方除應將甲方已支付之訂金退還甲方外，並依下列標準賠償甲方：
   乙方於服務日期開始前一個月以內通知，賠償服務費用總額百分之五十。

6. 甲方（結婚新人）因天然不可抗力之因素，致使本合約無法履行者，甲方需於知悉無法接受乙方服務時，應立即通知乙方並說明其事由後得解除本合約，不需負擔損害賠償責任；但不得要求訂金退還甲方。

7. 除上述因素外，甲方於服務日期前得通知乙方解除本合約。但甲方需依下列標準賠償乙方：
   甲方於服務日期開始前一個月以內通知，除不退還已支付訂金，另需賠償服務費用總額之百分之五十。

8. 細膩清晰的事前溝通是為雙方信任的基礎，婚宴前兩周至一個月會主動與新人聯繫，確認拍攝細節與相關事宜。

9. 本合約若有未盡之事宜，依誠信原則處理。本合約計壹式兩份，雙方各執一份為憑。

10. 工作室聯繫窗口：感官覺醒婚禮規劃師Iva江○○0900-000-000

六、習作

㈠ 請以出租人的身分，擬寫一份「房屋租賃契約」。

㈡ 甲、乙二人有金錢往來，乙向甲借貸，因甲近日需款甚急，乙一時無法全數奉還，經友人調解，由丙擔任保證人，簽訂保證契約，該項借貸款項，由乙於六個月內，依借貸數目，平均分六期攤還，請擬一契約，以為憑證。

㈢ 如果你與一位好朋友欲共同創業，計畫依資金數目，各人出資一半，將來無論贏虧，皆按投資比率分配，試擬一合夥契約，以為憑證。

── （李佳蓮教授撰述）

廣告文案

九

一、廣告的定義

廣告（advertising），就字面意義而言，就是廣而告之，利用各種媒體、媒介，推廣擴大，將訊息告知更多的人。

美國市場營銷協會（American Marketing Association）最早的定義：「廣告是由一個廣告主在付費的條件下，對一項產品、一個觀念或一項服務，所進行傳播的活動，加以說服、改變、或加強消費者的正面態度或行動，以達成良好的回饋作用，即為廣告。」

近年來則易之為：「廣告是由企業、非營利組織、政府機關或個人為有關其產品、服務、組織或理念的的告知或說服，在大眾媒體上支付時間或版面費用，對特定的目標市場或者閱聽大眾所刊播的一種說服性訊息。」

歸納而言：

㈠ 廣告的一端是單一的生產者，另一端是多數的消費群

廣告是由一個廣告主（可以是個人、企業、非營利組織、政府機關或學校），將其產品、觀念或服務，公告給一大群消費者周知。若是一個推銷員面對面向一位顧客推銷，那是信息傳遞，屬於行銷，不是廣告。

㈡ 廣告是一種傳播行為

廣告必須訴諸於廣告看板、電台、報紙、雜誌、電視、網路等媒介物、媒體，傳達訊息給消費者，是一種傳播行為。

㈢ 廣告是以付費方式達成說服目標

　　廣告不同於「公眾宣傳」，廣告是講究目標、計劃、管控、實效，最終達成「說服」多數消費者之目的的傳播活動。

二、廣告的要素

　　成功的廣告要能具有說服人的力量，獲得消費群眾廣大的認同，因而，廣告主所付出的金錢、廣告人所付出的心血，都不至於白費。這種成功的廣告應該具備四要素：

㈠ 正確的策略

　　廣告設計之前，必須瞭解產品的特性（what），行銷的對象（who），才能形成正確的策略：如何設計（how），何地傳播（where），何時播放（when）。能有優異的統計數據爲憑，掌握住廣告主與消費者不同的需求，才足以形成正確的策略。

㈡ 特出的創意

　　廣告所據有的媒介、媒體，時間不長，如電視播放只有15秒-30秒；空間不足，如報紙刊登只有半版或兩欄的篇幅。在有限的時間或空間裡，如何掌握住消費者的視聽，留下深刻的印象，靠的就是「創意」──既要出人意料之外，還要入人意料之中。

㈢ 諧和的圖文

　　男人是視覺動物，女人則依賴嗅覺與聽覺，雌性喜歡抒情、感動，雄性偏向敘述與理性，兩者之間如何拿捏？平面廣告與電視廣告之間如何選擇，圖與文如何搭配？用老照片，還是用漫畫？用詩句，還是用小品？要有重複的效果，還是互補的作用？既可以形成截長補短的效應，又可以收

取補強或聚焦的成果，這都是廣告設計者最大的考驗。

四 有效的媒體

　　特殊的產品要選擇特殊的媒體，所以，既要瞭解消費者的閱讀或收視習慣，也要瞭解媒體的特質與偏嗜，才能選擇恰當的季節、時段、區域，甚至於採取一閃而逝或頻繁播映，都要有正確的判斷。這才是所謂有效的媒體。先抓住消費者的眼——喜歡廣告，再抓住消費者的心——信任廣告，最後穩住消費者的腦——依賴廣告。

三、廣告的類型

　　廣告種類與形式繁多，廣告主（企業主）依其需要可以選擇不同的類型，行銷產品，分析如下：

一 依廣告目的來分類

1. 產品廣告（product advertising）：以推廣產品、銷售產品為目標，為廣告業之大宗。
2. 企業廣告（corporate advertising）：積極面在塑造企業形象、提高企業知名度，消極面則在解釋企業作為（或疏失）、消除社會大眾誤會。
3. 品牌廣告（awareness advertising）：與企業廣告同，以提高產品曝光率為目標。
4. 公益廣告（noncommercial advertising）：指慈善機關、社會公益團體、非營利社團，為公益目的而做的廣告。

5. 觀念廣告（idea advertising）：與公益廣告同，指政府機關、財團法人、社福團體或企業公司等，對社會議題、觀念，表達支持或反對意見。

㈡ 依廣告媒介來分類

1. 平面廣告（print advertising）：以圖文印刷爲廣告媒介，如報紙、雜誌等。

2. 廣播廣告（broadcast advertising）：以聲音廣播爲廣告媒介，如電台、廣播等。

3. 電視廣告（television advertising）：以聲音影像爲廣告媒介，如電視、電影等。

4. 戶外廣告（outdoor advertising）：以公佈欄、牆面、看板、燈箱、鷹架爲媒介的「傳統」廣告，可以分別稱之爲牆面廣告、燈箱廣告等等。或以電子爲媒介的廣告，如電視牆、液晶活動顯示板（LED）、電子快播版（Q board）等。

5. 交通廣告（transit advertising）：以交通工具（含公路旁、鐵道旁）爲廣告媒介，如高速公路旁的T-bar，公車、計程車、捷運、火車車廂內、車體外的廣告，捷運站、火車站、轉運站、機場的燈箱廣告。

6. 直郵廣告（direct-mail advertising）：利用傳統郵政系統、電子郵件系統（E-mail），直接將信息遞交或傳送給隱形的消費者。

7. 數位廣告（digital advertising）：利用數位系統做爲媒介的廣告，如網路上的「網頁」、「部落格」、「臉書」、「關鍵字廣告」、「文字連結型廣告」，或「手機簡訊廣告」，以及上述戶外廣告中的以電子爲媒介的廣告。

三 依廣告區域來分類

1. 全球性廣告（international advertising）：跨國際之企業形象廣告，如 Nike形象廣告。

2. 全國性廣告（national advertising）：強調企業形象的廣告。

3. 區域性廣告（regional advertising）：具備區域特性、地方色彩的廣告。

4. 零售商廣告（retail advertising）：如愛買、頂好、家樂福、各超商等連鎖店之分店廣告，重視特色產品、特價產品。

四 依廣告對象來分類

1. 消費者廣告（consumer advertising）：以廣大消費者為訴求對象，為廣告業之最大宗。

2. 經銷商廣告（trade advertising）：以產品製造業者與消費者之間的批發商、零售商為訴求對象，解說產品特色與利潤。

3. 專業人廣告（professional advertising）：以專業人士（如醫師、會計師、律師、教師）為訴求對象，供應產品或設備。

4. 工業品廣告（industrial advertising）：以公司、行號、學校、機關為對象，行銷原料、機器、產品、工具、文具、零件、設備等。

五 依廣告訴求來分類

1. 感性訴求（emotional appeal）：軟性的、美感的。

2. 理性訴求（rational appeal）：硬性的、科學的。

四、廣告文案主要內涵

　　凡是在廣告物版面（畫面）上出現的文字，統稱爲「文案」。文案內容依其功能可區分爲五項，但出現於版面或畫面時，可能簡化爲一、二項。

㈠ 標題語：呈現廣告的核心價值，放置在最醒目的位置，字數簡短有力。

㈡ 副標題：輔助性的說明文字，伴隨於主標題周圍，字數簡短有力。

㈢ 子標題：內文之段落摘要，有提綱挈領之效（主文不多時可以省略）。

㈣ 主內容：說明性小品文或精要性詩句。

㈤ 誘惑語：爲了引起消費者注意的誘惑句，如「全面5折起」、「年終大特價」、「換季大拍賣」、「降價最後一天」等。

五、廣告文案傑出範例

1. 請大家告訴大家（生生皮鞋廣告詞）

2. 我找到了，你也可以找到（基督教傳教廣告招貼）

3. 只要是我喜歡，有什麼不可以？（奇檬子飲料廣告詞）

4. 你給我們三十分鐘，我們給您全世界（張雅琴夜間新聞廣告詞）

5. 鑽石恆久遠，一顆永流傳（A Diamond is Forever）（鑽石廣告詞）

6. 科技始終來自於人性（Nokia廣告詞）

7. 生命就應該浪費在美好的事物上（曼士德咖啡廣告詞）

8. 人的能量，決定車的力量（光陽新一代125機車廣告詞）

9. 幸福到每一站都會下車（徵婚啓事廣告詞）

10. 我所指的每一堆灰爐都是黃金（火災保險廣告詞）

11. 時間捉不住的，CANON可以凝固它（照相機廣告詞）

12. 喜悅總是炙手可熱（喜悅汽車廣告詞）

13. 風的方向，由你決定（Ford廣告詞）

14. 世界其實很小，無限遼闊的是心（汽車廣告詞）

15. 一顆豁達的心，可以經營無數的未來（汽車廣告詞）

16. 小小的露珠，爲什麼一一來到荷葉上，荷葉上的露珠，爲什麼滾
    動凝聚如月光，有人說：那只是一種偶然，中國人卻知道，那叫
    緣分。

    （中華航空廣告詞）

17. 春天的衣裳下著流蘇的小雨；

    飄墜的線條裁自微風的弧度；

    半透明的紗摺

    吐露那不透明的慾望之心……

    擺蕩，

    向無盡的流行風潮作深呼吸；

    參與、顛覆、創造

    和設計大師握手的方式永遠自由……（百貨公司廣告詩）

18. 系列廣告：

    香橙樹在陽光下閃著金光／蘆草在炊煙繚繞中織夢／置身在中世
    紀的迴旋／迷宮似的青簷細瓦裏／傳來一句端詳／懷念你，我的
    姑娘──（英格蘭紅茶）

    靈慧的光是凝眸的飾／風　期待　思慕／半掩的序曲／像翡冷翠
    的雅典娜──（愛爾蘭涼茶）

神秘的淡紫／是幻想的粉紅／與憂鬱的淺藍共舞／熱情的愛戀／
是少女午後不經意的夢──（蘇格蘭紅茶）

六、廣告文案創作原則

㈠ 產品的真實性

1. 依據食品衛生管理法，一般食品不得廣告爲健康食品，健康食品禁止虛僞不實的宣傳，保健效能不得超過許可範圍，不得提及醫療效能，尚未取得許可證之食品不得刊播爲健康食品。

2. 廠商常以薦證（名人代言）的方式吸引消費者購買商品，常見的廣告商品如瘦身美容產品、健康食品、醫療器材等，依據「行政院公平交易委員會對於薦證廣告之規範說明」，薦證者如涉及廣告不實，薦證者與業者將會受到處罰。

3. 根據以上法規規定，而且爲了維護商譽，廣告文案創作的第一原則，是講求產品的眞實性，不可作不實的廣告。

㈡ 構思的原創性

1. 文化創意靠的是飛躍的想像力，要能出人意料之外，又能入人意料之中，打動消費者，爲消費者所接受。

2. 間接的暗示，效果勝過直接陳述，如刮鬍子的清爽感覺，可以改說：送給你清爽的一天。如強調米果的製造是東方人生活的智慧，可以改說：希望，如同東方米食文化的深遠，讓人體會快樂生活的智慧。

3. 果斷的語氣，讓人信服，如：你的需求就是我們的追求。如：因爲你值得。如：二十歲以後一定需要。

4. 親切的話語，博得感情，如：好東西要與好朋友分享。如：7-11是你的

好厝邊。如：有空來坐坐，沒空也要來看看。

5. 風趣的文字，令人心領神會，如牙膏廣告可以這樣說：早晚一次，約會前更要一次。如電風扇廣告：我的名氣就是吹出來的。

6. 利用或改造現成的成語，加深印象，如牙刷廣告可以用：一毛不拔。如鐘錶店可以用：一表人才，一見鐘情。如螃蟹專賣店可以標榜：無蟹可及（無懈可擊）。

7. 利用同理心，為消費者著想，如：五星級的享受，路邊攤的價格；或者：價格減半，效果加倍。

8. 平時多閱讀現代詩集，激發想像，創意、靈感自會源源而來。

⑶ 敘述的故事性

1. 不論男女老少都喜歡聽故事，故事都能引人入勝，故事都能引人傳述，故事都能留存印象，且印象久遠。所有的廣告，不論是平面媒體或電子媒體，都要能帶出故事，設計情節。

2. 如阿Q桶麵，以全身上下衣物都有拖把的效能，努力幫同學打掃。
如全國電子「足感心」系列，訴諸親情，引人感動。請參看youtube：
阿Q桶麵：http://www.youtube.com/watch?v=buZev5IWYZ0
全國電子「足感心」
⑴ 洗衣機篇http://www.youtube.com/watch?v=48C6oYB13Tk
⑵ 台大電機篇http://www.youtube.com/watch?v=M9dbgQchbl4

㈣ 語詞的誇飾性

1. 語不驚人誓不休，誇飾的語言才能引人注意，才能引人討論，二者都可以達到廣告的目的。

2. 語詞的誇飾，要注意不與產品的眞實性有所衝突，換句話說，食品類不觸及療效，藥品類不誇張療效。

3. 形象廣告如名爲「玉山」的公司，可以誇稱「巍巍挺立，唯有玉山」，以雙關式的語彙達成誇飾的效果，可以立於不敗之地。實例如寶島眼鏡公司說：「經典美學，盡在寶島」，美學而謂之經典，是第一層誇張，盡在寶島的盡字，全攬在自身上，又是第二層誇張。

4. 請參考本講義第七項「廣告文案修辭技巧」之一「誇飾」。

㈤ 圖文的意象性

1. 視覺、圖象，留存腦海的效果與長久度，遠勝過文字、聽覺，因此，如以文字敘述要能創造意象，形成圖像，可以永遠留下好印象，或如第三項「敘述的故事性」所言，具備童話性、故事性，要有小說魔力。

2. 掌握一個原則：不要言而無物，要「演」而若有其事；不要直接敘述，要藉用宇宙萬物；不用抽象詞彙，要用具體事物。

3. 如大愛電視台連續劇《路長情更長》，情意的綿長是抽象的，但以「路長」作爲「較喻」，形象鮮明，再搭以漫漫長路的圖片、父女牽手同行的背影，令人印象深刻。

七、廣告文案修辭技巧

㈠ 誇飾

以誇張鋪飾且超過客觀事實的語言來表達，是為「誇飾」，通常分為空間的誇飾、時間的誇飾、物象的誇飾、人情的誇飾四種。

臉好油，油到可以煎蛋。

妳相信我一天只睡三小時嗎？

品客一口口，片刻不離手。

多喝克寧，你會長的像大樹一樣喔！

薄得讓你感覺不到她的存在。

雙手萬能，雙手是窈窕身材的秘密武器。

㈡ 轉化

描述一件事物時，轉變其原來性質，成為一種截然不同的事物的修辭法，如將物擬人、將人擬物，或以此物擬彼物、化抽象為具體。

老藥方陪我們走過新時代。（老藥方是物，比擬為人，可以「陪」我們）

古藥方調配新健康，美膳食深入好家庭。（《中國藥膳全書》廣告，動詞的調配、深入，具有擬人化效果）

雙手是窈窕身材的秘密武器。（雙手是人身，卻轉化為「武器」）

用心耕耘的味道。（心，轉化為農具，才能耕耘）

勁量電池，渾身是勁。（電池是物，勁是人才能發出的力道）

人生時晴時雨，有動有靜，抓住感動的剎那，按下心中的快門。

都是鑽石惹的禍。

洗你的頭髮，洗你的看法。

澎澎香浴乳讓肌膚都活了起來，聽到肌膚在彈鋼琴的聲音嗎？

柯尼卡，它抓得住我。

用速度詮釋生活，用品味刻劃個性。

用詩歌及春光作伴，飲冰室茶集。

統一四物雞精，給妳戀愛般的好氣色。

(三) 轉品

在文句中改變原有的詞性，如名詞變為動詞等。

寶貝妳的頭髮，適合天天洗髮的妳（嬌生嬰兒洗髮精，寶貝原是名詞，此處當動詞用）

(四) 回文

正讀反讀都能讀通的句子。

多喝水沒事，沒事多喝水。

戲如人生，人生如戲。

安全帶上路，路上帶安全。

(五) 排比

句型相近，句意也相近的修辭法，可以達到加強語勢或節奏的效果，條理性更清楚，感情表達可以更強烈，消費者容易記憶。

白色是自由飛翔，藍色是想像無限，綠色是自然孕育。

人生時晴時雨，有動有靜，抓住感動的剎那，按下心中的快門。

肝若好，人生是彩色的；肝若不好，人生是黑白的。

洗你的頭髮，洗你的看法。

台新銀行信用卡，從平民到貴族，從玫瑰到白金。

鼻子尖尖的，鬍子翹翹的，手裡還拿著根釣竿。

習慣在咖啡與奶香之間，要求一分烘焙的基調；

堅持在絕對與深沉的靜謐中，發現自己的靈魂。

紅是生命，紅是慾望，紅是女人，多桑與紅玫瑰值得期待。

用速度詮釋生活，用品味刻劃個性。

㈥ 雙關

因為同音或諧音，產生許多不同的意思；同一個詞或句子可以理解成兩種截然不同的意思，都稱為雙關。

清境好水，清淨自然涼。（清境、清淨，同音）

阿Q桶麵，狠辣上市。（很、狠，同音）

無蟹可及。（無懈可擊，音近）

要刮別人鬍子之前，先把自己的刮乾淨。（刮鬍子，真正刮除鬍子或以言語責全別人）

打開話匣子，嘴巴停不了。（停不下，可指話不停或吃不停）

只有遠傳，沒有距離。（遠傳是廠牌名，也是傳播極遠之意）

心沒有距離，世界沒有距離。（距離，指空間的距離，也指人情的距離）

㈦ 引用

借用或改寫名言、格言、俗諺，來增強效果或印象。

　　辣阿Q哲學：吃得辣中辣，方爲人上人。（改寫「吃得苦中苦，方爲人上人」）

　　人生得意須盡歡，如果不能得意，那就隨意吧！（引用李白詩句）

㈧ 譬喻

　　藉由其他事物來「比喻」這件事就叫譬喻法，「明月如霜，好風似水」就是譬喻，明月、好風，稱爲本體；如、似、好像、彷彿等，稱爲喻詞；用來譬喻的霜、水，稱爲喻體。可以分爲明喻、暗喻、略喻、借喻四種。

　　慈母心，豆腐心。（略喻，省略喻詞）

　　喝林鳳營鮮奶，那感覺就好像家裡養了一頭牛一樣。（明喻）

　　它們幫我把頭髮變成像絲一樣柔亮。（明喻，轉化）

　　多喝克寧，你會長的像大樹一樣喔！（明喻，轉化）

　　戲如人生，人生如戲。（明喻，頂眞，回文）

　　統一四物雞精，給妳戀愛般的好氣色。（略喻）

八、習作

㈠ 請設計「明道大學」形象廣告。

㈡ 請為溪洲鄉民設計「有機蔬菜」產品廣告。

㈢ 請為董氏基金會設計「吸煙有害健康」公益廣告。

㈣ 請以歌謠方式設計「北斗肉圓」品牌廣告。

　　　　　　　　　　　　　　　　── （蕭水順教授撰述）

題辭

一、題辭的意義與用途

題辭，是用簡單的語句，以表達詠讚、期勉，以及慶賀或哀悼之意的一種文字。其性質頗類古代的頌、贊、箴、銘。只是它極為簡短，少則一兩個字，多則亦不過數句，而以四個字最為常見。

在今日工商業日趨繁雜的社會，人與人間，接觸頻繁，因而應酬文字之需求，也更為增加，而效率之講求，也愈益迫切。所以簡短的題辭，最切合今日社會之需要，亦為職場應用、交際所必需。至於題辭之應用，則不論施之於匾額、鏡屏、幛軸、錦旗、銀杯、銀盾、畫像、冊頁、卡片、藝術品，乃至於金、石等物，皆無不可，不但含有深遠的意義，且可權充禮物或紀念品，非常具有實用的價值。

二、題辭的作法

題辭所使用的文字，雖極簡短，但卻不能予人以簡陋粗率的感覺，因而不論是取材、詞義、字音，都要刻意講求。茲述其撰寫之要領如下：

㈠ 取材要適切

撰寫題辭，首先要認清對象，依據其身分、性別、年齡、職業、宗教信仰，及其實際的成就，作適當的取材，以求其貼切。然後還要確定彼此間尊、卑、親、疏的關係，採用適當的語氣，才不致貽笑大方。

㈡ 措詞要雅馴

題辭固然大多是送給特定的對象，但往往還會揭示於眾人的面前，或用以裝飾屋宇、點綴幽勝，所以措詞要力求雅馴，乃足以賞心悅目，啟人

淵思。如果措詞鄙俗，或標奇立異，不惟難登大雅，甚至令人望而生厭。
務宜多事斟酌。

(三) 音調要和諧

　　題辭是一種最精練的語言，所以在措詞雅馴之餘，若能更求音調之和
諧，必能更增強其效果。以最通行的四字句為例，如果四字皆平聲，則氣
弱而音浮；四字皆仄聲，則又氣促而音沉；如果每字一變，則氣將不暢。
所以宜比照律詩，謹守「平開仄合」（如：平平仄仄）、「仄起平收」
（如：仄仄平平）之原則以為之，始能鏗鏘和諧，優美動聽；但有時為了
遷就成句，或顧全意旨，也不必過分拘泥。

(四) 行款要合宜

　　題辭一般有直書和橫書兩種，「橫書」書寫的位置宜中間而略微偏
上；並以由右而左為宜。落款一般是上款在右而較高；下款在左而較低；
上款要有適當的稱謂及禮事敬詞（如「結婚之喜」、「○秩榮壽」、「開
幕誌慶」等）或提稱語（如「靈鑒」、「賜存」等）；下款則包括自稱、
署名、署名下的敬詞及用印。如果是較具紀念性的題辭，亦可另加題贈的
時日。

三、題辭範例

(一) 慶賀類

1. 男壽

　　南山獻頌　海屋添籌　天錫遐齡　壽考維祺
　　椿庭日永　嵩生嶽降　松柏長青　桑弧煥彩

2. 女壽

萱帷春永　　瑞靄萱堂　　寶婺騰輝　　輝生錦帨
慈竹長春　　慶溢北堂　　喜溢璇閨　　瑤池春滿

3. 雙壽

椿萱並茂　　華堂偕老　　弧帨齊輝　　鹿車共挽
極婺爭輝　　神仙眷屬　　鶴算同添　　琴瑟永諧

4. 結婚

祥開百世　　詩詠關雎　　鸞鳳和鳴　　珠聯璧合
花開並蒂　　佳偶天成　　天賜良緣　　琴瑟友之

5. 遷居

鶯遷喬木　　里仁為美　　卜云其吉　　鳳振高岡
長發其祥　　人傑地靈　　安土敦仁　　居必擇鄰

6. 新居落成

美輪美奐　　堂構增輝　　華堂毓秀　　甲第徵祥
竹苞松茂　　氣象維新　　昌大門楣　　君子攸居

7. 生子

熊夢徵祥　　蘭階吐秀　　誕育寧馨　　麟趾呈祥

8. 生女

明珠入掌　喜比螽麟　弄瓦徵祥　彩鳳新雛

9. 開業

鴻圖丕展　駿業宏開　開務成務　業紹陶朱

10. 校慶

英才淵藪　建國作人　絃歌作化　陶鑄群英

11. 升遷

平步青雲　壯志克伸　顯秩繼陞　搏奮九霄

12. 榮調

榮膺新命　甘棠益詠　德業日新　新猷宏展

13. 當選

邦國楨幹　衆望所歸　造福桑梓　一路福星

㈡ 哀輓類

1. 男喪通用

碩德長昭　大雅云亡　斗山安仰　儀型足式
福壽全歸　蓬島歸眞　南極星隕　道範長存

2. 女喪通用

寶婺星沉　閫範長存　萱堂露冷　慈竹風摧
母儀足式　彤管揚芬　繡閣風凄　萱蔭永懷

3. 輓師長

　　立雪神傷　　馬帳空依　　桃李興悲　　羹牆匿影

　　梁木其頹　　師恩永懷　　風冷杏壇　　教澤長存

4. 輓學界

　　大雅云亡　　天喪斯文　　文曲光沉　　少微星隕

5. 輓政界

　　甘棠遺愛　　勛猷共仰　　典型永式　　德澤永懷

6. 輓商界

　　貨殖流芳　　闤闠風淒　　端木遺風　　大業永昭

7. 輓工界

　　箕裘安仰　　頓失繩墨　　勤勞聿著　　懋績永垂

8. 輓軍界

　　痛失干城　　鼓角聲淒　　將星隕落　　浩氣長存

(三) 競賽活動類

1. 演講比賽

　　口若懸河　　舌燦珠璣　　語驚四座　　宣揚真理

2. 作文比賽

含英咀華　　妙筆生花　　胸羅錦繡　　倚馬長才

3. 書法比賽

鐵畫銀鈎　　筆力遒勁　　顏筋柳骨　　鍾王遺風

4. 歌唱比賽

玉潤珠圓　　樂陶詠歌　　鶯囀鳳鳴　　繞梁三日

5. 運動比賽

積健爲雄　　我武維揚　　勇冠群倫　　健身強國

6. 技藝競賽

技冠群英　　出類拔萃　　工奪造化　　匠心獨運

㈣ 一般題贊

1. 獻業師

春風化雨　　教澤欣霑　　斗山望重　　師表群倫

2. 題畢業紀念冊

鵬程萬里　　青雲直上　　任重道遠　　學以致用

3. 贈入營

國之干城　　桑梓之光　　爲民前鋒　　壯志凌雲

4. 贈醫師

妙手回春　　功侔良相　　華陀再世　　仁心仁術

5. 贈慈善事業

　　痌瘝在抱　　民胞物與　　為善最樂　　慈悲為懷

6. 題著作

　　洛陽紙貴　　大筆如椽　　價重雞林　　字字珠璣

7. 贈文化事業

　　斯文在茲　　宣揚文化　　大雅扶輪　　名山事業

8. 題風景名勝

　　江山如畫　　群巖競秀　　曲徑通幽　　世外桃源

9. 茶樓

　　清香四溢　　陸羽閑情　　香凝玉盞　　雅客常臨

10. 農林

　　地盡其利　　農為國本　　衣食利賴　　風調雨順

11. 演奏會

　　歌凝雲遏　　韶濩賡虞　　餘音繞梁　　盡善盡美

12. 舞蹈

　　舞姿曼妙　　燕舞鶯歌　　賞心悅目　　顛倒眾生

13. 旅遊業

    賓至如歸　望門投足　翱游四海　游目騁懷

14. 餐飲業

    氣凌彭澤　飽飫郇廚　羽觴醉月　高朋滿座

15. 服務業

    顧客至上　口碑載道　急公好義　造福人群

16. 工商業

    萬商雲集　利用厚生　不讓陶朱　福國利民

17. 律師

    伸張正義　捍衛人權　法學泰斗　辯析入微

18. 金融業

    輔佐工商　流通經濟　生財有道　金融樞鈕

    （以上題辭，部分為筆者所擬，其餘多襲用成句）

四、習作

㈠ 試為好朋友新餐廳開幕，擬一賀詞。

㈡ 接受交通部觀光局阿里山國家風景區管理處邀請，參觀、旅遊阿里山
　 森林後，試為阿里山美景題辭抒懷。

㈢ 社區理事會理事長卸任，擬以理事會名義贈送紀念牌，請題一感謝
　 辭。

—— （陳維德教授撰述）

公關新聞稿

十一

一、公關新聞的意義

　　公關新聞稿是公私事業機構為了宣傳目的，主動提供給新聞媒體，以達到傳播效果而撰寫的新聞報導。

　　今日職場競爭激烈、資訊傳播快速，無論公司、企業、機關或學校，都體認到文宣的重要性，特別是為了建立形象、產品宣傳，或為了危機處理，必須與媒體建立密切關係；而傳播媒體為了服務社會、滿足讀者需求，也會接受公關新聞的訊息，加以採訪報導。因此，公關新聞的寫作也成為進入職場必須具備的能力。

二、公關新聞的種類

㈠ 活動（事件）通知

　　如典禮、比賽、表演、展覽、集會、遊行、演習、會議等，在活動前發出訊息，提供新聞稿，以便於記者前來採訪，或藉由媒體的事先報導，吸引社會注意。

　　活動通知的新聞稿，可依活動或事件的不同，提供相關的資料，以幫助記者報導。如展覽海報或公演劇照等。

　　採訪通知則須檢附活動主旨、活動特色說明、活動流程、與會者名單（貴賓職稱及所屬單位等資訊）、聯絡人單位電話、手機號碼等資料。

㈡ 活動報導

　　舉辦活動當天或活動之後，公關人員均應發佈新聞稿，讓媒體與社會大眾瞭解該活動的成果與意義，藉以提升形象。

㈢ 危機處理

　　不管任何機構遇到負面事件時，爲因應外界的批評或媒體報導，公關人員均應適時提供新聞稿，說明處理態度及立場，以降低負面新聞的影響。

三、公關新聞的寫作

　　公關新聞雖然具有文宣性質，但爲免流爲置入性行銷，所以在寫作上，必須符合新聞媒體的需要，始能獲新媒體採用，達到公關目的。其方法爲：

㈠ 注意新聞價值

　　公關新聞雖有其宣傳目的，但應凸顯其新聞價值，如具有新鮮性、顯著性、人情味或知識性等足以引起讀者重視的事情。

㈡ 傳遞正確資訊

　　公關新聞常常爲了達到公共宣傳的效果，不免行文時有些渲染，但遣詞用字仍應客觀、正確，不要自毀形象。

㈢ 引用有力證言

　　爲了獲得讀者信任，公關新聞盡量引用名人證言或高階主管之言，以增強其可信度。

㈣ 提供參考資料

　　公關新聞除文字稿之外，最好還附相關圖片、樣品或數據給記者，並列上聯絡人資訊，以與記者保持聯繫管道。

㈤ 照片避免雷同

　　公關新聞所附照片，宜多角度、多面向，方便媒體選擇採用，加強說服力。

四、公關新聞稿的結構

　　爲方便記者引用，公關新聞稿的寫作，需符合新聞寫作的方式，由「導言」和「本文」構成。「導言」是指新聞的第一段，「本文」則是導言後的內容。

㈠ 導言

　　「導言」是指一則新聞中開頭的部份，也就是整個新聞事件的重點。

　　導言寫作以5W1H爲原則，即何人（who）、何事（what）、何時（when）、何地（where）、爲何（why）、如何（how）——「六何」。

　　遇到比較複雜的新聞，爲免導言太過冗長，可以把導言的素材，分別寫在二、三段，做爲輔助。

　　導言字數，以不超過一百五十字爲宜。

㈡ 本文

　　本文是一則新聞的「軀幹」，功能在補充導言，將導言中未曾提到的內容加以補述，讓新聞報導更完整。

五、公關新聞稿的寫作形式——「倒金字塔式」

公關新聞的寫作，可仿照最常見的「倒金字塔式」新聞寫法，即將新聞最重要的部份寫在最前面，然後依重要性分別在第二段、第三段……敘述。

這種寫作形式，精華放在最前面，依序遞減，形狀如同金字塔倒立。其優點為：

㈠ 滿足讀者好奇心

將新聞最重要的部份放在前面，可以讓讀者快速瞭解事情，滿足好奇心。

㈡ 方便編輯作業

編輯從導言中即可做標題；如受限於版面，需刪減新聞稿時，可以直接從後面的段落刪起，而不會影響新聞重點。

六、公關新聞稿的寫作原則

㈠ 內容確實

公關新聞須注意到新聞報導的精神，以正確為第一要求，並藉以豎立優良形象。

㈡ 文字精簡

新聞寫作應力求簡潔流暢，在段落、文句和用字上都須注意。

1. 段落
   (1)一個段落不宜容納太多句子、太多事實。
   (2)每一段落，必須「獨立」，自成一個敘述內容。

2. 句子

新聞寫作不能用太長的句子，以免讀來吃力或產生誤解。

3. 用字

⑴ 應該用大多數人容易瞭解的字，不能咬文嚼字。

⑵ 冷僻的成語典故應避免使用；已經被使用得太浮濫的詞語也同樣應該避免。

⑶ 注意文字的正確，避免語病及不必要的形容詞。

⑷ 每段開頭的詞句避免重複，不要一直用「他表示」、「他指出」。應以不同方式表達。如：「王經理說」、「王經理表示」、「他對這件事的看法」、「根據經理的說法」……等。

七、圖片運用

㈠ 圖片有補充文字，增加吸引力的功能，一張精彩的圖片往往勝過許多文字描述。故提供公關新聞稿時，最好也提供圖片，除了增加視覺享受之外，更有「有圖為證」的力量。

㈡ 圖片應有說明

1. 圖片沒有說明，等於沒有圖片。但說明文字不宜太多。

2. 照片的說明應清楚交代人事時地物，尤其照片中的人物，必須明確指出左右順序。

㈢ 圖片應注意著作權法相關規定。

八、新聞稿範例

(一)【教育部新聞稿】

教育部決定國民中學學生基本學力測驗九十五年試辦加考作文九十六年正式實施

日期：93.10.14
發稿單位：中教司
聯絡人：鄭○○
聯絡電話：23565538

　　教育部於今（十四）日召開「國民教育內容與品質綜合性調查」民調記者會，其中針對「國中基測加考作文」議題民調結果有高達七成六之受訪者贊成國中基測加考作文，顯示國人對此議題之高度關心。教育部已於會中決定國中基測於九十五年試辦加考作文並於九十六年正式實施。

壹、有關本項措施說明如下：

一、寫作測驗成績於九十五年度試辦時不作為升學依據，只做為高中職五專補救教學使用。九十六年度則正式納入升學成績，至於其分數使用方式，本部將通盤研議後公布。

二、寫作測驗方式原則上採多題型合乎測驗理論方式進行，並單獨成科，主要在考量目前基測國文科測驗時間已達七十分鐘，不宜再延長國文科之應考時間，加重考生應考負擔。

三、基於寫作測驗成績不同於測驗題型可明確化至分數制，預定採級分制，以避免爭議。

四、為減少社會成本，寫作測驗預定與國中基測同時辦理，但考量試務執行與閱卷人員培訓與調配事宜，亦不排除於國三學期中

或寒假時擇一適當時段舉行。

五、寫作測驗將要求每位考生均參加，而非自由選考，以了解各國中寫作成效。

六、教育部將儘速展開寫作測驗研發工作，包括能力指標及範例研訂、試題研發與測驗編製、試務組織與閱卷方式分析及評分人員選訓。

貳、為提升國中小學生國語文能力，本部目前已採行以下策略：

一、指標引導：

　㈠國中小每學期應至少完成4~6篇作文（包含命題作文、心得寫作、日記、週記等）。

　㈡將閱讀納入學校課程規劃。

　㈢辦理作文及閱讀教師研習，種子教師6小時（93年12月前），任課教師3小時。

二、編寫指導要領及範例之實用手冊，提供學校老師教學參考。

三、其他配合辦理事項：

　㈠研訂「補助各縣市提升國中小學生國語文能力實施要點」

　㈡請各縣市督學不定期抽查了解各校國語文教學及學生國語文能力。

　㈢責成縣市輔導團將本項工作列為年度重點。

(二) 明道大學新聞稿

日期：100年1月3日
發稿單位：明道大學
明道大學新聞聯絡室
聯絡電話：048-8876660

　　彰化縣明道大學推廣有機農業和生態校園有成，近日出現了瀕臨絕種黃鸝鳥的蹤跡。陳世雄校長於去年12月31日早上七點五十分，在校內二鮮居餐廳旁苦楝樹上拍到了黃鸝鳥的照片。據謝清雄秘書長估計，黃鸝鳥出現在校園內的數量已經超過四隻。

　　黃鸝鳥又名「黃鶯」，叫聲極為悅耳，所以聲音歌喉好的人常被稱為「出谷黃鶯」。黃鸝鳥主要棲息在平地及低海拔樹林，以昆蟲為主食，繁殖期為4到5月，利用樹葉及乾草築巢。

　　因為環境棲地長期遭受破壞，估計全台黃鸝鳥的數量剩下不到200隻。據悉雌鳥在孵蛋時，雄鳥會在前方站衛兵，保護妻兒，守衛家園。

　　黃鸝鳥屬珍貴稀有野生動物，是過境鳥也是留鳥，原屬第二級的保育類野生動物，現已提升到第一級保育類，屬於瀕臨絕種野生動物。

　　明道大學陳世雄校長多年來長期推動有機農業與生態校園，在有機生態校園中造就了美好環境，才吸引黃鸝鳥留下來，繁衍後代，成為明道大學大家庭的成員，黃鸝鳥的出現，師生們都覺得相當高興。

　　由於環境破壞以及人類捕捉，黃鸝鳥目前被列為一級保育動物，陳世雄校長希望觀賞的民眾及同學不要大聲喧嘩，以免她們受到驚嚇。

圖：瀕臨絕種黃鸝鳥出現在明道大學二鮮居餐廳旁的苦楝樹上。（柯廷華攝）

九、習作

㈠ 公司預備在母親節大會表揚模範母親，請寫一篇新聞稿給媒體。

㈡ 出版社編了一本深度介紹臺灣保育類生物的書籍，請你在新書發表會前撰寫一篇新聞稿。

㈢ 試為玉山國家公園管理處擬一份新聞稿，報導兩對登山客在玉山頂上舉行別開生面的「高山婚禮」。

—— （陳憲仁教授撰述）

國家圖書館出版品預行編目資料

職場應用文／明道大學中國文學系學系主編.
--初版.--臺北市：五南，2013.09
面；　公分.--
ISBN 978-957-11-7347-4（平裝）

1.漢語　2.應用文

802.7　　　　　　　　　　102019081

1X2H　應用文系列

職場應用文

主　　　編	明道大學中國文學系學系
策　　　劃	羅文玲　薛雅文
執　　　行	陳憲仁
編輯委員	兵界勇　李佳蓮　李映瑾　陳維德　陳憲仁
	陳靜容　陳鍾琇　薛雅文　羅文玲　蕭水順
發 行 人	楊榮川
總 編 輯	王翠華
企劃主編	黃惠娟
責任編輯	蔡佳伶
封面設計	賴志芳
出 版 者	五南圖書出版股份有限公司
地　　　址	106台北市大安區和平東路二段339號4樓
電　　　話	(02)2705-5066　　傳　　真：(02)2706-6100
網　　　址	http://www.wunan.com.tw
電子郵件	wunan@wunan.com.tw
劃撥帳號	01068953
戶　　　名	五南圖書出版股份有限公司
法律顧問	林勝安律師事務所　林勝安律師
出版日期	2013年9月初版一刷
	2017年2月初版六刷
定　　　價	新臺幣250元